文春文庫

二日酔い主義傑作選

銀座の花売り娘

伊集院　静

文藝春秋

二日酔い主義傑作選　銀座の花売り娘◉目次

一九八八年　『あの子のカーネーション』より

一九八九－一九九〇年　『神様は風来坊』より

一九九〇－一九九一年　『時計をはずして』より

一九九二―一九九三年　『アフリカの燕』より

一九九三－一九九四年 『半人前が残されて』より

二日酔い主義傑作選

銀座の花売り娘

一九八八年

『あの子のカーネーション』より

あの子のカーネーション

花屋の店先にカーネーションがにぎやかに並んでいた。

五月には母の日がある。日本全国には何千万の母がいるのだろうか。そして何万本のカーネーションが母の手に渡されるのだろうか。

先月中国から帰国した日、友人と深夜、バーにいた。広州から香港までの汽車の旅の話をした時、上海の列車事故の話題になった。ひどい事故だった。

「もう四十九日ですかね」

二人とも事故の日付けから、七七日を数えているのか、黙ったままだった。

「辛いだろうね。子供を亡くすというのは……」

「でしょうね。母になれないからわかりませんが……」

「……うん、特に中学・高校生の年齢で先だたれるとやり切れんらしいね……」

私は六人兄弟の四番目に生まれた子供である。上三人が姉、すぐ下が妹で、男子が欲しかった父は、私が生まれた時大喜びをしたそうだ。それ以上に母は嬉しかったらしい。そして最後に目鼻立ちのいい顔をして弟が生まれた。

男は二人きりだった。私は野球を選んで、弟は知らぬ間にサッカーの選手になっていた。丁度体力差が出る年頃だったから、泣く泣くやらされるキャッチボールや草野球の球拾いに嫌気がさしたのだろうと思う。

私と違って、弟は優しい気性だった。母の日に我が家で最初に花を買って来たのも弟だった。

十八年前の夏。

二番目の姉の初産で上京していた母に電報で呼ばれた。大学の野球部を退部して、横浜で沖仲仕《おきなかし》のアルバイトをしていた私は、夜遅く代々木の姉の家に行った。

「マーちゃん（弟）が海へ出て行って、帰って来ないらしいよ。……ボートだけが流れ着いたって……」

姉の言葉に私は冷たいものを背筋に感じた。母は奥の部屋で横になっていた。

翌日、山口県に向かう飛行機の中で母と私たちは、何も言葉を交わさずにいた。母は乗り物に弱かった。じっと目を閉じている母は、私がそれまでに見たことのない表情をしていた。

猫の額のような小さな海だった。子供の時分から毎年海水浴に出かける浜で、遭難の起こるような水域ではなかった。

海は荒れていた。台風が接近していた。現場に着いた午後、屈強なはずの父親が私の手を握りながら状況を話し出した。痛いほどの握力が、父の動揺を私に伝えた。弟は独りでボートを漕いで荒れる海に出ていったという。妹と弟の係だったお手伝いの小夜と妹の目は一睡もしていない色をしていた。

海の家は関係者でごったがえしていた。地元の漁師の話を聞きながら、前日の潮流とボートの漂着した地点を話し合い、東と西の岬、そして海岸沿いを歩いて、皆が弟の名前を呼びながら捜索をした。近づく台風はますます波を高くし、地元の警察は犠牲者が出る捜索は止めて欲しいと注意した。その日から苦しい時間が海を見つめる人たちにかぶさった。

夜半、満潮時に台風は上陸した。小屋を流されまいとする海の家の主人は、目の前の波に砂袋を重ねて土塁を作っていた。それを見て妹は、

「そんなもの作ったら、弟が海から帰って来れなくなる」

と泣きじゃくった。シャベルを持つ手を止めて戸惑う主人の顔……。

深夜東の岬に何かが光ったと皆が言い出し、ボートを漕ぎ出した。転覆しそうだった。

父も私も必死だった。わずかな情報に頼るしかない状況だった。そしてそれに振り回される苦痛はやり切れなかった。

その日から母は夜が明ける前になると、膝まで海に入りながら浜を何往復も竹杖を持って歩き続けた。母の行動を止めさせようとする姉や妹に、父はそのままやらせておけと言った。台風は蛇行進路を取って、珍しく瀬戸内海に停滞した。誰もが少しずつ生存を諦めていった。その中で母だけが弟の着替えを用意させたり、人が戸を開けると弟が来たように振り向いた。

私の家は家父長制度の典型のような家族で、気丈で精力的な事業家肌の父を中心に回っているように見えて、その実、家族は皆母を中心に暮らしていた。仕事で家を空けることの多い父の居ない合間で、母は子供たちをチャーチル会（当時流行った絵画教室）や音楽会に行かせた。姉たちにはピアノやバイオリンを習いに行かせ、書道や縫い物はお手伝いも一緒に皆自分で教えていた。母は短歌や俳句、諺《ことわざ》を諳《そら》んじていて、子供たちもいつの間にかそれを覚えていた。実際子供の目にも、町のチンピラを殴り倒す父とは不思議なとりあわせの両親に映った。

私は母が他の家の母より立派だったと言っているのではない。ただ母は一度も大声を出したり、感情的にはならない人だったのである。少なくとも私たち子供の前では……。

弟の捜索が本格化したのは行方不明から五日目であった。広島から戦艦陸奥《むつ》の引揚げ作業をしていたサルベージ船を父が呼んだ。それも無為に終った。弟の同級生が何十人と手を結んで海の中を行進した。沖合いには海上保安庁の巡視船もいた。漁師が掛け釣りで底を引こうと言った。誰かが弟の顔や身体に鉄鉤が刺さるのを嫌った。

それでも母は浜を歩き続けた。

十日目の夜明け。

まどろんでいた私たちを起こしたのは母であった。

朝まずめの波の中で見え隠れする黒い点を母は指で示していた。私は最初、蛸壺《たこつぼ》が浮いているのだと思った。しかし母は目を輝かせてそれを見つめていた。私たちは漁師と船を出した。

それはまぎれもなく弟だった。私は海に飛込み弟を抱いた。私の腕の中で口を開いたまま、既に硬くなった弟の肉体は、それでも波に顔を洗われる度に、その瞳が涙を流しているように思えた。私が東京で放埒《ほうらつ》な暮らしをしていた二年の間に、運動部で鍛え上げ立派な身体になっていた弟が、殴られても草野球に小犬のようについて来た弟が、沈黙の涙で私の腕の中にいた。

岸から投げられた戸板を私は拒絶したが、父の怒声に私は弟の遺体をそれに乗せた。

重かった。

栈橋には医師が検死のために待っていた。同時に浜を駆けて来る母の姿が見えた。母は驚くほど穏やかな顔で、弟の身体に付いた海藻やゴミをハンカチで拭った。父も私も姉や妹も皆黙って見つめていた。

突然、母が大声で叫んだ。

「先生、どうか息子を生き返らせて下さいませ」

母は誰も同じである。高知の母に優しいカーネーションを、と私は思う。

父のプロ野球論

巨人軍の最終戦が終って、銀座のクラブGに行った。カウンターに腰かけると、バーテンダーのシゲさんが、顔を恵比寿《えびす》さんのようにして私を見た。

「残念でございましたね」

「何のことだったかな」

「いや、その気持、お察しします」

すると店長のMさんが駆け寄ってきて、

「いよお、ギャンブラー、名人」

と、私の肩をもみ始めた。

せっかく次の競輪旅行のために貯えておいたタマ(現金)が、彼等のボトル代に消えた。巨人軍の桑田真澄投手が十四勝までいかなかったので、私は賭《か》けに負けたのだ。

かくして珍しく店長のMさんが深夜まで酒をつき合ってくれた。シゲさんは、店でボトルを引取ってもらって宝くじを買うと言っていた。

しかし、後半戦の中日ドラゴンズは強かった。さよなら勝ちのゲームが続いている時など、見ていて何か仕掛けでもあるのではないかと思えるほどだった。

野球に仕掛けがあるのは当然である。こう言ってのけたのは、私の父である。

もう二十年以上前の話だが、長姉が巨人軍にいた投手と結婚することになった。その結婚の申し込みに、義兄が家にきた。彼は同じ町の出身で、野球少年の私たちにとってはヒーローだった。中学生時代から高校まで、毎朝学校へ行く前に十キロを走り続けた逸話など、やはり違うな、と少年たちは話していた。

縁があって義兄は長姉と東京で知り合い、交際が始まったらしい。ともかく結婚の挨《あい》拶《さつ》であった。なにしろ我が家で最初の結婚である。父も、訪ねてきた義兄も緊張をしていた。居間の方で話が終って、家族全員で食事になった。勿論、義兄も同じ食卓に座った。

父は野球をほとんど知らなかった。私が毎日遅くまで練習をして帰っても、まるで関心がない様子だった。

一度、仕事先からオールスターゲームに招待されて大阪に行った時も、父は試合はほとんど見ないで、入場者ばかりを眺めていたという。

王貞治選手と張本勲選手にサインをしてもらった色紙のことを忘れて、半年近く私に

渡さずにいた。そして、

「二人とも日本にきて頑張ってる選手だからな」

と念を押すようにして差し出した。

頼んでおいた長嶋のサインのことを言うと、

「それも外国の選手か」

と私に聞いた。


食事が始まると、家族は皆もぞもぞとしていた。食事中にあれこれ話をするのを父はいつも嫌っていた。

話しかけたのは父の方からだった。

「今回は野球でこっちにきたのかね」

「ええ、広島遠征です」

と義兄が答えると、父は、

「ああ、広島巡業か」

と言った。ジュンギョウという言い方に、私はちょっと驚いた。父は町にやって来る相撲やプロレスの興行に何度か関わっていた。

「客の入りはどうでしたか」

「ええ、満員でした」

「それは、よかったですね」

「……………」

どうも話が続かない。すると父は急に思い出したように、義兄の顔を見て言った。

「ところで長嶋という選手がいますね」

「ええ、チョウさんは私のチーム、巨人軍のスターです」

「あっそう、スターがいるのはいいね。お客がたくさん入るものね。その長嶋は、えらくホームランを打つそうですね」

「ええ、ホームラン王ですから」

父はいつの間に長嶋や野球のことを勉強したのだろうか。

「そのホームランていうのは誰でも打てないんですか」

「ええ、私たちピッチャーも打たれまいとして一生懸命に投げますから……」

「それではなかなかホームランは打てないわけですな。長嶋は特別身体が大きいとか、力が強い選手なんですか」

「いいえ、私より背は低いですし、長嶋さんより身体の大きい選手はたくさんいます。しかし長嶋さんは天才なんですよ」

「天才ですか。しかし、なぜ他の人が打てないのに長嶋だけがホームランを打つんでしょうね」

　この辺りから、父の話はおかしくなっていった。義兄も父が聞きたいこと、言いたいことの見当がつかないようだった。

「長嶋も人の子でしょう。その長嶋だけが他の選手よりホームランを打つ……」

　そう言って父はグラスのビールをじっと見ている。

「とにかくチャンスに強いんだよ、ミスター・ジャイアンツは」

　私が口を挟むと、父はギロリと私を睨《にら》んでから義兄の方に向きなおって、

「……ここだけの話だが、やはり長嶋が打つ時は、相手の投手もホームランになりやすい球を投げてやるんでしょう」

　と真剣な顔で言った。私も驚いたが、義兄はもっと驚いていた。

「そんなことがあるわけないよ、父さん。相手の投手も打たれまいと必死で投げているに決まってるじゃない」

　と私が言うと、

「それはおまえのやっている中学とか高校の野球の話だろう。黙ってろ」

　と目をむいた。義兄も長姉も、家族全員が信じられない、という顔で父を見つめていた。父が続けて言った。

「長嶋が打つのを客は見にくる。見にくれば長嶋が打つ。それが見たいから客は次もま

た見にくる。野球の人気はこれだよな。それであなたの給料が出る……」

母は黙って父のビールをつぎながら、私の顔を見ていた。いらぬことを言うなという合図だ。

「そんなことは、決してありません」

義兄が少し声を大きくして言った。

「ふうーん」

父は義兄をじっと睨んだ。

「今の仕事に入って、何年ですか」

「五年目です」

と義兄は答えた。すると父は義兄から視線を外して、つぶやいた。

「五年か……。それじゃまだ興行の仕組みを、話してもらってないはずだ」

後年、縁がなかったのか、姉夫婦は離婚した。それ以来、父はプロ野球を見なくなった。

義兄に話したプロ野球論を父がまだ信じているのか、私はいまだに訊いていない。

ハイカラさんが通る

パリから北へ車で二時間余り走ると、ドーヴィルの街はある。パリから一番近い海だから週末はひどい混みようだという。夏のバカンスにはまだ早い。それでも海岸に並ぶホテルでは壁の塗りかえや中庭の手入れが始まっている。

避暑地の風景が好きだ。それもオフシーズンがいい。夏の喧噪のあとさきはどこか魂の抜けた猫のようで、周囲の景色がぼんやりしていて気持が落着く。砂浜を歩いていてもスニーカーから、ひんやりとした温度が伝わって来て、知らぬ間に立ち止まってしまう。

撮影の仕事でフランスに来ている。ここ数年、春と秋に出かけている。もう海外の撮影にどのくらい出かけただろうか。コマーシャルフィルムの仕事が多かった頃は、一年に百五十日以上外国にいた時があった。外国に行けていい仕事ですね、と言われる時もあるが、仕事で行くとこれが結構辛い。自分で何もかも作ろうと意気込んでいた二十代は疲れるばかりだったように思う。

今はスタッフの人たちと一緒に、旅館の小番頭さんのような感じで行く。マヌカンはイタリアの売れっ子娘で十九歳である。

「忙しいの？　近頃は」

「いいえ、今は大学の勉強ばかり。試験があるの」

「へえー、大変だね」

マヌカンは細いアゴでうなずいてから、ポンとバッグの中から煙草を出して口にくわえた。あれ、煙草を吸っている。彼女、去年までは煙草をとても嫌がっていたのに（そばでスタッフが吸っていると、離れて下さい、なんて言ってた）、いつの間にか煙草を覚えている。ちょっと驚いた。このくらいの年齢の女性は、ほんとうに紫陽花《あじさい》のように想いが色変わりする。それが若いということか。


伊集院静。ズイブンな名前である。この名前を使うようになってから十二、三年になる。勿論、本名ではない。この名前を付けた人は会社が倒産し、しばらく逢ってない。実はこの名前は私に付けられたのではなく、とある小さな広告プロダクションに入社予定になっていた女性のコピーライターに付ける名前だった。その名前がどうして私に回って来たか。

ある日の昼下り、その広告プロの社長から電話が入った。

「明日中に仕上げて、プレゼンテーションしなくちゃなんない企画があるんですよ。そのCFの企画を引き受けてよ。こっちも後がないんで、頼まれてよ」

「………」

「D社の仕事で、お得意先《クライアント》が××ビールなのよ」

「××ビール。そりゃあまずいよ。去年、H社でやったばかりですから」

「だからそこをなんとかさ、お得意さんにはうまい方法がありますから」

かくして押し切られ、徹夜のままプレゼンテーション先に向かった。タクシーの中で、

「はい、今日これでお願いします」

とポンと名刺の箱を膝の上に置かれた。

「何ですか、これ」

「本日のあなたの名刺ですよ」

開いて取り出すと、

「どうしたのこれ、お公家《くげ》さんじゃあるまいし、第一、これ女性の名前でしょう」

半分あきれて笑ってしまった。

「本名でいきましょう、笑われちゃいますよ、イジュウイン・シズ」

「違う、違う。イジュウイン・シズカ」

「ちょっと、ふざけてるんですか」

「いや、怒んないで。マジですよ」

かたわらの女性デザイナーが、

「実は社長が、近頃はハデな名前にして覚えてもらう方がいいと考えられて、社員皆で飛び切り目立つのを考えたんですよ」

「冗談じゃないよ。こんな女のような名前」

「そうなんですよ。これは実は先週入社予定だった女性コピーライターのために用意してたんですから」

「へへへ、そうなんだよ。今これしかないんだよ、手持ちの名前が」

「手持ちの名前……漫画みたいじゃないですか」

「そうなんです。漫画に出て来るんですよ。ご存知ありません？」

「知りませんよ」

「ねえ、今日だけ、一回だけ、頼むよ」

その一回だけのはずのプレゼンテーションがなんの弾《はず》みか採用になった。どうせ永続きする名前でもあるまいし、と思っていたらどんどん仕事が増えていった。妙なものである。名前が勝手に歩き出した。

初めて逢う人と喫茶店かなんかで待ち合わせをする。それらしき人を探す。人待ち顔の人にこちらからそろりと声をかける。

「えっ、そうなんですか」

と驚かれる時が多かった。名前からして女性と思われたのである。

酒場ではママとか女の子に、

「〝ハイカラさんが通る〟ね」

と笑われる。こうも言われた。

「鹿児島ですか」

ある時は鎌倉で八十歳越えたお婆さんに、

「大将のお孫さんかしら」

勿論、海軍大将である。時々同じ名前の方と会う。どういうわけか謝ったりする。大学教授もいらっしゃれば、コワイ兄さんもいる。

栗本薫さんの探偵シリーズの主人公の名前が、伊集院大介である。話題になった映画「マルサの女」の査察官の名もそうだ。スクリーンを観ていて名前を呼ばれた瞬間、身体が動いてしまった。

人に名前を呼ばれる度にうそ事のようで、機会があったら止めようと考えていた。丁度、結婚を機にそうしようと決めた。いろいろあった仕事を整理してかかろう、そう思った矢先に妻が入院した。仕事を全て休んだ。名前の事を考える時間がなくなった。

事務所の女性がこの名前を占いの本で見てみると、人生の最後が悲惨と出ていたそうである。それなら続けてやろうかという気になった。先日、ある人からこの名前は成功する名前ですよと言われた。いい加減にしてくれと思った。

本名は西山忠来である。忠来は珍しい名前だが、韓国から帰化したからである。その前は趙忠来と言った。以前からの知り合いは皆、チョウさんと呼ぶ。

もうひとつ名前がある。作詞をする時の名である。伊達歩。ダテアユミと読む。NHKの大河ドラマの伊達政宗以来、皆さん間違って読む人が少なくなった。

十年前、あるレコード会社のロビーで待っていたら、館内放送で「サクシのイダチッポさん、イダチッポさん」とアナウンスされた。ロビーの隅で笑い声が聞えた。立ち上がる時に耳まで赤くなっているのがわかった。

シャガールの馬

夜中の三時とか四時という時間に仕事が一段落する。それから一人で飲みに出かける。一杯のつもりが、気が付いたら泥酔状態の朝が多い。アパートから酒場が近いのも良し悪しである。

仕事が遅く終るのは、原稿を書くのがひどく遅いのと、日中が暑くなったのが原因である。遅筆は仕方ないにしても、部屋が暑いのにはまいる。

今の住いには冷暖房がない。冬は厚着をすればいいが、夏は着ているものを脱いでいっても限度がある。木造モルタルのアパートである。

築二十年か、いやもっとだろう。六畳に二畳の洗い場、風呂とトイレ。冷蔵庫は入居する時、大家から一年間五千円で借りた。白ペンキが何度も塗られた代物で、夜になると急に赤児のようにキイキイ泣く時がある。そして小机がひとつ。後は何もない。

夜はほとんど酒場に行く。競輪、麻雀の時はまるで帰らない。テレビ・ラジオもない。……新聞を取ろうとしたが、留守の間に外に溜った新聞が空き巣の狙い目になると言われた。去年の暮れ、私の住む西麻布一帯でかなりの件数で空き巣が出た。しかしこのアパートには誰も被害者がいなかった。

銀座のクラブGのMさんが、

「ひとつ使ってないクーラーがあるから持ってっていいよ」

と嬉しい言葉。だが壁が古くて取り付けられなかった。同じく銀座のMのI母さんが哀れんで、こう言ってくれた。

「扇風機持っていきなさい。うちは今年から最新型のクーラー入れたから……」

銀座から扇風機をかかえて帰った。さっそくその夜組み立てて、首振りのスイッチを押したら、あっちを向いたまま啄木鳥《きつつき》のように音をたてて戻ってこない。扇風機ごと向きを変え、足元に置いて寝た。電灯を消すと涼しかった。啄木鳥の音が気になったが、ひさしぶりに安眠。明け方夢を見た。古いお寺の堂内で一人で寝ていて、物音で目覚めたら誰もいないのに木魚がひとりで音を立てている。怖くなって起きたら、冷や汗をかいていた。

競輪のことをスポーツ誌に書いた。

スポーツを文章にすることは難しい。スポーツは実際に観て受ける感性の方が鮮烈だし、スポーツをしている当人の心境は観察者が思うより遥かに複雑であるからだ。しかしこの複雑に見える心理状況も、冷静に見つめれば、一本の鮮やかな線になるのではないかと私は思う。

スポーツをする肉体は美しい。それがどんなスポーツであれ、鍛えられた肉体には尊厳のようなものが宿っている。鳥が強風の中を流線型になって舞い降りる姿や、サラブレッドが四脚を一瞬宙に浮かした見事さは、彼等がそうあるために生きているように思えるほど感動的なものだ。スポーツをする人間にはそれに似た瞬間がある。だから何十行の観戦記よりも、千分の一秒で切り取った一枚の写真の方が雄弁にそのスポーツを語るのである。

私はスポーツ小説を読む。スポーツ写真を好む。スポーツに関する記事を、エッセイを探す。そうして私の知らない表現に出会った時、ひどく興奮する。写真家に、文章家に、イラストレーターに敬服してしまう。

スポーツは叙事詩である。私は十年前に名著に出会った。

——森の中の合唱とちがって、男性の声は川面にそって淡く流れさっている。歌の一部は風のむきによって、とだえて、聞えぬこともある。と思うと、突如として、自然な和音のふくらみとなって、はずみを得たように、艇の前後にわかれてゆく。オールがそれに和して、柔らかく水を掬《すく》いあげ、水を引きつけ、水をちらしてゆく。クルーの念頭には、たった一日の午後のひとときの少女たちとのめぐりあいが、強い印象となって止《とど》まっている。彼らは、思い思いに、手をとりあって歌を唱和した少女の声を記憶によみがえらせながら、オールに全身のバネをたくして、手首でその調和をはかり、漕力と体重の収斂《しゅうれん》と拡散を円滑なものにしている。——

「ペケレットの夏」という小説の一節である。著者は虫明亜呂無《むしあけあろむ》氏。『シャガールの馬』なる表題のスポーツ小説集の一作品である。一九六二年の春から東京オリンピックまでの二年五カ月の間、ボート競技の日本代表クルーとその監督の物語である。若く逞《たくま》しい二十人のクルーと大学助教授である監督が、世界の壁に挑戦するために様々な時間を重ねていく。

私も戸田のボート場でトレーニングをするクルーたちを眺めたことがあったが、何時間ボートを見ていても、私にはここまでの文章は書けなかったと思う。

私は戸田のボート場でクルーを見つめる作者の姿を思い浮かべる。スポーツを書く準備は、何よりスポーツを愛することであろう。スポーツを愛する準備は、何より人間を愛することではなかろうか。

競輪をスポーツとして書く。その準備に私は『シャガールの馬』を再読しようと思った。しかし山口県の実家の納屋の奥にしまったままである。東京で書店に問い合わせたが、ないと言う。出版社にも電話をした。品切れ重版未定との答え。文庫になっていたと思ってそちらの出版社にも聞いた。同様の返事だった。どうして品切れのままになっているのか、私にはわからない。今スポーツ小説はブームなのに……。

横浜に住むYさんという方が蔵書の中から探して貸して下さった。青と緑のパステル画の装幀。そうだ、これだ。眺めているうちにその本を買った逗子の書店まで思い出した。その夜、明け方まで読んだ湘南の部屋までが鮮明に浮かんだ。

私は競輪競技が好きだ。今の競輪選手は皆驚くほど練習をしている。毎日、早朝から過酷とも思えるほどトレーニングをし、節制のある生活をしてレースに臨んでいる。それは競輪が近代競輪になって、タイムが上がったからである。スポーツとしての要素が一層高まっている。競輪を知らない人に良さを理解してもらうためには、選手の人間性を紹介するのが一番だと思った。

原稿を書き終えて、借りた本の礼状を出しがてら午後の街に出た。麻布の書店に立ち寄って書棚を眺めた。やはり『シャガールの馬』はなかった。十年前、私が受けた感動が若い人には伝わらない。それが悔しい。一冊の本もまた人間の一生のように流浪してしまうものなのか……。

北海道・札幌の茨戸《ばらと》にあるペケレット公園。石狩川の入江を滑る若きクルーたち……

36

読むだけで涼しくなる夏もある。

たけしのグローブ

ほぼ毎夜酒場に顔を出して、ほぼ毎日二日酔いで朦朧《もうろう》としている。キリキリ痛む頭をかかえて一人部屋の中で座っていると、閉じた瞳の奥からいろんな妖怪が姿を現わしては消えていく。桜の木の下で駆け回る顔なじみの人もいれば、満月の丘を走るサラブレッドもいたりする。たいがい前の晩に酔っ払って夢の中で見ていたことの再上映のような気がする。思い出しては可笑《おか》しくなるのもあれば、カッとなるようなものもある。

二十代の頃（私は今三十九歳である。若いと先輩に言われるし、銀座のS子ちゃんはオジンと言う。いずれにしても中途半端な歳なんだろう）、いまから十数年前の話である。

ビートたけしと草野球の助っ人に行った時があった。相手のチームは劇団東京ヴォードヴィルショーのチームでかなりの強敵だった。それに比べて私たちのチームは少しお粗末だった。野球でも柔道でもなんでもそうだが、ユニホームを着るとほぼその選手の力量がわかる。プロですらそうなのだから、草野球などは一目瞭然である。

ビートたけしのユニホーム姿は懐かしさがあった。自前のグローブを持っていた。二人でキャッチボールを始めると、思った通りデキル野球のフォームだった。

私は東京へ野球をしにやって来た。そう言うと名選手に聞えて誤解を受けるが、私自身は三流の選手だった。東京六大学の新人戦で四番を打った。しかしそれは、選手不足の方が主な理由だった。現にその試合は四打席三振で、わざわざ炎天下の試合を見に来てくれていた義兄（その頃彼は読売ジャイアンツのエース格の投手だった）に、

「毎日練習してバットに当らないのもなあ……」

とあきれた顔をされた。その程度でも草野球ではなんとか通用した。

その日の試合は以前同じ相手に私たちのチームが大敗したらしく、どうしても勝ちたい、という感じで皆燃えていた。ところが相手チームは、試合前の練習からしてまるで違っていた。

「たけしさん、強そうだな」

「ああ、結構やってるね」

その答え方が実に良かった。鍛えられた野球少年、それも町の空地で。私はこんな感じの野球の兄貴格を少年の頃何人も知っていた。

彼のグローブを見た。グローブの間口が広くてオイルを付けた独特の光沢があった。内野手のグローブだった。内野手はこの形のグローブになるまでに時間がかかる。

私はなんとはなしに嬉しくなった。

「まあ、やるだけやってみよう」

試合は私の投球に相手が思ったより手こずって終盤に行った。セカンドを守ってくれたたけしさんのところにゴロが大半飛んで、ほとんどを器用にさばいてくれた。

それでも私の投げる球はだんだん球威がなくなった。彼はサードにかわってくれた。私はカーブを投げ続けた。右打者のほとんどはスローカーブを引っかけて、サードゴロを打った。彼は感心するほど上手かった。特にイレギュラーバウンドのゴロを平気な顔でさばいていた。私はいつの間にか、あの空地で陽の落ちるまで一人抜け二人抜けながらの野球を思い出していた。試合は結局私が打ち込まれて負けた。その時たぶん私はくやしそうな顔をしていたのだろう。

「チョウさん（その頃私はそう呼ばれていた）、ドンマイ、ドンマイ」

そう言ってグラウンドで別れた。

それから何年かして彼はスターになって、舞台にブラウン管、スクリーンと、内在していた才能を一気に大衆にさらした。

そんな頃、ラジオの番組で彼は私の話をした。〝世の中の悪い奴〟特集で、何人かの悪い男の一人として私が取り上げられ、彼は十何年も前のその野球の話をした。意外だった。そのテープを後から聞かされて驚いた。彼の記憶力は怖しいほど正確だった。こちらの方はその頃、女優さんと三角関係になっているというのだから悪い奴に決まっている。今でこそ叩かれることに平気になったが、その頃は家族や親戚にさんざんに言われてまいっていた。唯一の賞められた話だった。それがどんな心境かは説明しにくいが、彼の話には優しさがあった。

彼の周辺の様々な報道が聞えて来る時も、私はあの試合の時のプレーをしているビートたけしを思い浮かべる。

私はビートたけしの才能は、野球で言うなら空地の草野球だと思っている。あの頃の空地はデコボコだらけで、内野の真ん中にコンクリートの柱かなんかが残っていたりした。少年たちはそれに打球が当ったり、くぼみにゴロがイレギュラーバウンドをするのを当り前のことと思って、野球をしていた。打球というのはどこでどう変化するかわからないものだ、と知っていて全員が大声を出していた。だから彼等のグローブは手袋を広げたように、生きた球に応戦できる形になっていた。

世の中が変化するのは当り前のことである。人生が思惑通りにいかないのは誰でも知っている。世の中が、人生がどんな形に飛んで来ても、ビートたけしは平気な顔で応戦するだろう。それともうひとつ、ビートたけしが他の芸人と違っている点は、自分の人生がやり切れない場所に変化していくことを、それが時々やるせなくなるほど哀しいことを、随分と早いうちに知ってしまったところにあるような気がする。

私たちは町の風景から空地が消えた時から、何かを失くしてしまったのだろう。いつ頃からか、リトルリーグの試合を見ていると、イレギュラーバウンドにエラーをした後うらめしそうにグラウンドの凸凹を眺める少年がいるようになった。それからしばらくすると、プロ野球でも同じ顔をする選手が現われた。それがしかもスターと呼ばれる選手である。

先日、ひさしぶりに松山まで競輪を観戦に行った。スタンドのすぐ後ろが野球場で、少年野球をしていた。

夜ぶらりと小さなバーに入った。春の甲子園の後援会申し込みの案内書が壁に貼ってあった。

「へえ、今年の愛媛は宇和島東高校が出場ですか」

「ええ、そうなんです。私のところの甥《おい》っ子が出るもんですから」

「ほうっ、ポジションは」

「補欠なんですよ。下手なんでしょう」

「そんなことはないですよ。たいしたもんだ、甲子園だもんな」

ほろ酔いになると、口ずさんでいた。

♬野球小僧に逢ったかい、男らしくて純情で、……町の空地じゃ売れた顔、運が良ければルーキーに……、そんな時ぼんやりとビートたけしのユニホーム姿が浮かんだ。あの着方は誰かに似てる。思い出したのは二日酔いの午後、あっそうだ、名将三原脩だ。

夜半の蟬

夜中、仕事をしていたら、背後から空を切る音がした。右耳をかすめて、小さな影が部屋の中を羽音をたてて旋《まわ》った。一瞬驚いた。蜂に見えた。シャーッと乾いた音をたてて一周し、手元の机の角に下りてとまった。

蟬《せみ》である。

東京の真ん中に近い、西麻布のちいさなアパートに、しかも夜中の二時を過ぎて入って来た。

私の部屋には窓がひとつしかない。その窓を背に私は仕事をする。夏場は暑いので、夜風が吹く時分に窓を開けっ放しにして座る。窓のすぐ側に少し大振りの樫《かし》の木が伸びている。たぶん蟬はこの樫の木で昼間過ごしていたのだろう。

小さな虫は時々やって来る。しかし蟬は初めてである。

蟬はじっと動かないでいる。漆塗《うるし》りのように黒い艶のある頭部と、瘤《こぶ》のように盛り上がった胴部が、鎧《よろい》のようで勇ましい。羽根は見事な曲線でふち取られ、透き通った羽膜に何本もの黒い細い線が、地図でよく見る河の支流のように流れている。なんと精巧にできているのか。

小さい頃何度も蟬を捕りに行っていたのに、その時はこんなことに気付かなかった。

今年の夏は、ほとんど外国に出かけていて、弟の命日に気付いたのはタヒチの島で、しかも夜だった。供養に何も送ることができず、帰れないとの電話も入れられなかった。ひどく情なかった。

私の弟は十六歳の時に海で遭難して死んだ。私が二十歳の夏だった。そのことは以前書いたので詳しいことはよすが、弟が死んでからしばらくして、私の町で、弟は自殺だった、と噂が広がった。弟の性格を知っていた私は、世間は馬鹿な話をするものだと気にもとめなかった。

ところが或る夜、私はお手伝いの小夜から、弟に関して思ってもみなかったことを聞いた。

それは弟が、小夜と二人して春先から何度も近くの川へ樽《たる》や筏《いかだ》を運んで、川下りの練習をしていた、という話だった。

私は弟の意外な面を耳にして戸惑った。弟はどちらかというと臆病な性格であった。幼い頃、二人で道を歩いていて放し飼いの犬にでくわすと、そっと後ろから私の上着を引っ張るようなところがあった。

小夜の話と自殺の噂話が気になって、その夜、私は弟のことをいろいろ考えてみた。私は弟のことを他人よりよく知っていると勝手に思い込んでいた。だが、それは兄としての私の思い過ごしで、弟の性格や考えていたことは、本当はまるでわかっていなかったのではないか……。

私が最後に弟に会ったのは、彼が遭難した年の正月で、大学の野球部を退部した私に、父は大学をやめてすぐに家業を手伝うか、将来役立つ勉強をしろと命じた。それは文学部から他の学部に転部しろということだった。私はそうしたくないと返答した。摑《つか》み合いに近いもめ事になった。父に逆らうことなど我が家では考えられないことだった。私は飛び出すように家を出て、東京へ向かった。しばらくして、弟が家を継ぐという話し合いがついたと知った。

初七日の終った夜、私は蒲団を抜け出し、母屋を出て離れにある弟の部屋に行った。電灯の紐を捜していると高校生特有の、運動部の選手独特の汗のしみた匂いが漂った。灯《つ》りを点けると、そこには受験勉強の最中だった弟の時間が停止したまま浮かび上がっていた。私は弟の机を掌で触れた。ひんやりとした木目の感触から、つい十数日前まで、ここで笑ったり、唄を歌ったり、悩んだりしていただろう若いゴツゴツした弟の気持のようなものが感じられた。

部屋を見回した。かつて私も使っていた本棚があった。『樽にのって二万キロ』『コンチキ号漂流記』『冒険者×××』、そんな本が並んでいた。小夜の話は本当であった。してはならないと思ったが、私は弟の引き出しを開けてみた。大学ノートが一冊あった。それは弟が高校に入学してからの日誌で、毎日ではないが日々のこと、サッカーの練習、小遣いの出納も記してある雑記帳のようなものだった。真面目な弟の性格がよくあらわれていた。

二月の或る日、そのページだけが文字が丁寧に書いてあった。その日は弟の誕生日である。私が父と争って出て行った翌月だった。

要約すると、――兄が父と争って家に戻らないことになった。母に相談し父に命じられて、自分はこの家を継ぐことにした。医者になる。父は病院をたてると言った。だが自分はシュバイツァーのような医者になりたい。アフリカに行きたい。しかし親孝行が終るまで頑張って、それからアフリカに行き冒険家になりたい。その時自分は四十歳だろうか、五十歳だろうか……。それでも自分はそれを実現するために、体を鍛えておくのだ。私は兄にずっとついてきた。兄が好きだ……――

弟はその冬、北海道大学の医学部志望を担任に提出したという。

私は自分の身勝手さ、いい加減さを思った。済まないと思った。長男である私の我儘が、弟を泣かせ、孤独にしていた。

あの夏の午後、川向こうの屋敷町に私は弟と二人で蟬を捕りに行った。私たちの町と違ってそこは塀の上にまで大きな木々が繁り、蟬は捕り放題にいる。たちまち弟の持つ籠《かご》は蟬で一杯になった。帰ろうとした時、屋敷町の子供たちに囲まれた。蟬を置いて行けと言われた。四、五人の相手は身体も大きかった。弟は背後で私の上着を握りしめていた。私は黙っていた。すると背中で急に弟が大声で泣き出した。子供たちは笑った。そして弟のもっていた籠から彼らは蟬を鷲摑《わしづか》みにして、何匹かを道に投げつけた……。家に帰ってから、私は弟をなじった。二度とおまえをどこにも連れて行かない、と言った。そういわれても弟は私のそばを離れないで、しゃくりあげながら私を見ていた。そんな弟によけいに腹が立った私は、弟を殴りつけた。弟は謝りながら私を見つめていた。

ふとした時に、あの夏の日の弟の目を思い出し、日誌の文字が浮かぶ。あの少年たちに立ち向かうこともしなかった卑怯な自分を思う。謝ることのできない自分が生きている。

蟬は壁にじっとしている。窓を開けたまま、私は電灯を消した。どこか他人とは思えぬ一匹と、自分を情ないと思っている一人が暗闇の中にいる。
もう秋がそこまで来ている。

潮騒の花

赤とんぼが飛んでいる。

萩の花が薄紫に色付いている。薄《すすき》の穂が潮風に揺れて白く光っている。その向こうに、瀬戸内海が午後の陽差しに浮かんでいる。水平線との境は霞んだまま、水彩画の筆でサッと描いたように淡く消えている。じっと見ているだけで、気持が落着いてくる。

ふりむくと、小さな山がある。どこにでもある平凡な山なのだが、特別なやさしさが伝わる。どこがどう違うのか説明しろと言われても、それが故郷の山だから、としか言いようがない。

ふるさとの山に向ひて言ふことなし　ふるさとの山はありがたきかな

啄木はまことに上手《うま》く歌ったものである。本当にそうとしか言えなくなってくる。

ひさしぶりに懐かしい顔が集まった。

亡くなった妻の命日である。

東京から義理の母、兄、弟、そして義母の親友のIさん、Sさん、妻が生前お世話になったS社長やOさんたち、それに田舎の人たちがまた今秋も集まってくれた。一年に一度、元気な顔を見て語り合うことは、おだやかな良い時間である。

「あら、すっかり元気になったみたいね。イーサン（私はそう呼ばれている）が元気だと安心だわ」

Iさんは嬉しそうに話す。遠慮がちの義母は笑ってその会話を聞いている。誰もが年に一度、墓参に来ることを楽しみにしてくれて、話がはずむ。

「どうですか、仕事の方は」

私が義兄に言うと、

「順調ですよ。イヤァ、もう大変」

何だかわからないが、また皆が笑って田舎の寿司をつまみながら、美味しいと褒めてくれたりする。口数の少ない義弟が急に私にビールを注いでくれるのに驚いたりする。

「もうすぐ最上級生だな」

「ハイ」

運動部にいることがビールの注ぎ方でわかって、嬉しくなったりする。

義弟はN大のゴルフ部員で、一カ月前に全日本学生選手権・個人の部で準優勝していた。私が初めて会った頃はまだ小学生で、照れ屋の性格だけが印象に残った少年だった。

それが今、日本の学生の中で雄を争う選手にまでなっている。返杯してビールを注ぐとグッとあけた。頼もしく思えた。

義母は少し顔が赤い。妻の好きだった酒を東京から持参して、墓前で少し飲んだという。ひさしぶりの親子での乾杯だったのだろう。妻の命日もこの頃は静かになって、私もゆっくりと彼女のことを考えたりできるようになった。

晩秋の日の午後だった。

父と母、私と妻は坂道を登って、弟の墓参りに出かけた。

その年の夏に結婚した私たちにとって二度目の帰郷だった。その日は陽差しが強く、妻の額にはうっすらと汗が滲《にじ》んでいた。足の悪い母がよいしょと声を出すと、妻も母の手をとってよいしょと笑ってその道を登った。父と諍《いさか》いを起こしてまだしこりの残る私には正直なところ、妻のその明るさは救いだった。

母と妻は墓の掃除をしていた。

「ほら、お母さん、海がみえますよ」

母が目を細めてうなずいた。手持ち無沙汰にみえた父が急に、

「おい、墓の中の様子を見ろ」

と命じた。私は蓋石をのけて墓の中に上半身を入れた。墓の中はひんやりとして、土

は湿り気を帯びていた。案外涼しいのだな、と思った。弟の骨壺はちょっと傾いてそこにあった。十八年前、私が置いた場所と少し違っている気がした。たぶん父が動かしたのだろう。

「どうだ」

背後で父の声がした。

「大丈夫ですね」

変な返答だが、そうとしか言いようがなかった。

「ねえ、ちょっと私も、覗いてみてもいい」

首を出した私に妻が言った。怖がりの妻は私の肩に手を当てて、恐る恐るその中を覗いた。私の頬と妻の頬が触れた。そして何か納得をした顔付きで、

「私もここに入るワケだッ」

と大きな目を丸くして笑った。すると父が、

「いや、雅子は東京のお母さんがひとりになるから、東京じゃないか……」

とからかった。

「いいえ、お父さん。私は西山の家の人間だから、ここに入るんです」

と怒った子供のように言った。そして父も笑い母も笑い、妻も笑っていた。

夏の香りをいくらか残すかのような陽差しの中で、私は彼女がとても素直な人間だと

あらためて思った。

一年半後、その妻の骨を私は自分の手でそこに納めた。大勢の人たちがいた。取材の人たちも多かった。私は腹立たしかった。見送ってくれる人たちの心遣いが、その時はわからなかった。

墓の中に身を入れると、弟の骨壺は待っていたようにそこにあった。以前より少し小さくなっている気がした。外は燦々《さんさん》と夏の陽が降り注いでいたが、私ひとりが暗闇の中で弟と妻の骨壺を、ぼんやりと眺めていた。妻の白い骨壺と弟の素焼きの骨壺を並べると、妙に仲良くおさまっているように思えた。一瞬、自分が別の世界にいるようで、私は何をしているのだろうと思った。

それから私はしばらく田舎に暮らした。夜は酒を飲み、時間があくと母校の野球部に練習を手伝いに行ったりしていた。

グラウンドからちょうどその墓はみえる。墓参に来る人の様子もよくみえた。一年中、妻の墓には花の絶えることはなかった。

名前も、ましてやお会いしたこともない方たちから、月の命日や日曜日毎に花や果物、可愛い人形、マニキュアまで様々なものが墓前に供えられてある。今でも続いている。

もちろんそれを一番喜んでいるのは、それらを愛した妻であろう。

遠くからみえる人もあると聞く。そこまで時間を割いて墓参に来てくださる人たちの姿を思うと、私がいまだ知らない、妻の違った貌《かお》があるような気がする。思い出してみると、ちょっとした会話や私にしてくれたことの奥に、あっ、そうか、と気付いたりすることがある。そんな生前の彼女のことをわかっている人たちの気持に妻は今つつまれている。ありがとうと心から感謝したい。

命日が近づくと、花の数は増す。


夕暮れ、私は墓に行った。色とりどりの花が海風に揺れている。どこからか風に乗って潮騒《しおさい》が聞えてくるような気がする。

「あれ、お母さん、海がみえますよ」

そんな明るい秋色の花びらだった。

逗子なぎさホテル

先日、一通の葉書が届いた。差出人は昔の私の大家さんである。

大家というと借家かアパートに思われるかもしれないが、私が借りていたのはホテルの一室である。

逗子なぎさホテル。

一九二四年創立というから、大正十三年に創られて、六十五年続いた湘南の象徴に近い建物である。私はこのホテルに二十代の終りからしばらくの間住んでいた。そう書くと、えらく贅沢な生活をしていたようにみえるが、家賃は東京の独り暮らしのマンションより安かったし、食事も後半の三、四年は従業員食堂でただ飯を食べさせてもらっていた。

私の部屋は、入ると上がりかまちになった十畳の和室で、部屋の中にはトイレもバスルームもなかった。しかしその部屋がホテルの中で一番贅沢に作ってあった。

その冬、私は東京での生活をあきらめて、行李ひとつを持って東京駅に行った。行くあてなどなかったし、山の方へ行くより海の方がよかろうと、私は横須賀線に乗った。鎌倉で降りそびれて、逗子で降りた。葉山の御用邸などを見ながら、その日の宿を探した。一晩は釣り宿風の海岸の旅館に泊まったが、夜になって隣りに人が入室して来て、そこが連れ込み旅館であることがわかった。翌朝、私は預けた行李を取りがてら駅までの道を歩いた。一色海岸を抜けて逗子海岸に出た。ぶらぶらと波打ち際を歩いているうちに、古いホテルの前に出た。

それが、逗子なぎさホテルだった。西洋館造りで、とんがり帽子の時計台と海を臨む美しい庭があった。こんな格式のありそうなホテルは、二、三日宿泊すれば有り金がなくなりそうな気がした。芝の庭にテーブルがあった。お茶くらいはと入ってみた。注文をすると、老人がお茶を運んできた。

「いいところですね」

私は思わずそう言った。

「そうでございましょう。のんびりして、この時刻の眺めはいいんですよ」

老人は嬉しそうな顔をして、冬の昼間ブラリと現われた若者に答えた。

その白髪の老人が、支配人のIさんだった。Iさんは実に紳士であった。

「今日は、お休みですか」

とIさんは微笑みながら聞いた。

「……宿を探して歩いてたんです」

そう言った私を見つめて、

「いや、うちも泊めてますよ」

と話してから、照れたように額をポンと叩いた。

「いや、予算がないもので……」

「ここは古いから、安いですよ。いや失礼、なんだか僕がセールスしているみたいだな……」

思わず二人とも笑った。

それから長い付き合いが始まった。人間の縁とは不思議なものである。青二才で粋がっていた私を、今こうして思い返して書いてみると、Ｉさんは皆わかって声をかけてくれた気がする。

ホテル中の人が私を家族のように大切にしてくれた。どうしてあんなに皆が私を思ってくれたのかと考えると、やはりＩさんの心遣いだったと確信している。

私は仕事以外の時間を、ほとんどこのホテルの中で過ごした。

家賃が半年近く滞っても、Ｉさんは、

「いいのいいの、ある時もらえば」

とまで言ってくれた。

相模湾に吹く風が西に抜けると、ホテルから江の島、伊豆半島が水平線の中に浮かんでいるのが見えた。そんな日はきまってIさんは庭の白い椅子に腰掛けて、海を眺めていた。

冬の夜などは、ホテルの客は私一人という時もまれではなかった。そんな時Iさんが宿直だと、ホテルの厨房からとっておきの美味しいブランデーを出してきて、ご馳走してくれた。夜長に聞くIさんの話は驚くほど愉快で、楽しかった。

Iさんは昔、外国航路の大型船の厨房長だった。

「厨房長といいますと、三年もやれば、もう船長よりいばってました。船員の楽しみといえば食事と酒です。なにしろ私が厨房の鍵を持っているのですから、本日は酒はこれまで、と私が申しますと、もういけません。それでいて私は一人で飲んでいました。楽なもんですよ」

ホテルの従業員全員がIさんを尊敬していた。勤続何十年の人も多く、Iさんの人柄が皆を包んでいた。

「なあに、人間はそのうち、いい仕事が出来るようになるものですよ。ひとつのことをずっとやっていれば、順番が回ってくるもんですよ。あなたはあくせくしてないところがいい」

「のんびりし過ぎている気もします」

と私が反省をこめて言うと、

「あせるのはいけませんよ。身体に悪いもの。それに第一、品格がない」

そう言われて、私は随分とのんびり暮らさせてもらった。旅に行くと言えば、

「少し持って行きなさい」

と旅費まで貸してくれた。それに甘えて、私は毎晩酒を飲み、読書三昧の日々を送った。

或る夏、芝の庭でIさんが、

「今ちょっとね、潜水艦の設計を考えているんですよ。それでね、それを操艦するには免許がいるんですよ。その試験勉強をしてるんです。どうです、一緒に受けませんか」

と真剣な顔で私に話したことがあった。

「へえー、スゴイなあ」

「いやね。前から、潜水艦には興味があったんですよ、僕は」

六十歳を越えていたIさんが青年のように海への情熱を語った。

私とIさんが話している姿を見て、ホテルの人たちは親子が話しているようだと言っ

ていた。亡くなった妻が入院した時も、Iさんは信仰する宗教の本山がある岡山まで、お祈りに行って下さった。

Iさんを思う度に、私は童話の「太陽と北風」の物語を浮かべる。旅人のマントを脱がそうと、北風と太陽が競う話である。北風が無理矢理旅人のマントを脱がそうと強く吹けば吹くほど、旅人はマントを握りしめる。そして太陽がニコニコとやさしい陽差しをそそぐと、旅人は笑ってマントを脱ぐ。

Iさんはいつも私にやさしい陽差しをそそいでくれた。私はIさんの人生があの笑顔のように、いつも暖かなものだったとは思えない。Iさんの青春時代は、あの戦争のさ中だったはずだ。Iさんは他人にやさしくすることを、哀しみや絶望の場所で見つけたのではないかと私は思う。

だからIさんにはいつまでも微笑んでいて欲しい。

薪割り

晩秋の夕暮れ、奈良盆地に木枯しが吹いていた。盆地の風は足元を攫《さら》う。寒かった。通りがかりの街での夕暮れは、ちょっと寒さが身に沁《し》む時がある。

近鉄線・大和西大寺の駅前。バスの停留所に立っていた。そこは小さなロータリーになっている。向かい側で少女が一人バスを待っていた。前のバスが出発したばかりなのだろうか。少女だけがそこにいた。十歳くらいだろうか。黒い靴下《ストッキング》に黒い靴。濃いグレーの半コート。おかっぱの髪は前髪がちゃんと揃っていて、利発そうに見える眼元をしていた。

少女は右手にバイオリンケースをかかえていた。きっと稽古を終えて、今から家に帰るのだろう。

他所見《よそみ》をしないで、ちゃんと前を見て立っている。それがいかにも、少女の気の強さと、頑張って習い事に通っている感じが伝わってきて微笑ましかった。

私は少女を見ていた。なぜだか彼女の持っている雰囲気が、私の気をそそった。

途中、私と少女の視線が一度だけ合った。私はその瞬間、どうしてそうしたのかわからないが、愛想笑《あいそ》いをした。すると少女は、私の顔を確かめるように見て、プイッと横を向いた。それがまた、いかがわしい大人に対する少女の方針のようで、悪くなかった。

やがて私の乗るバスが来た。バスの窓からもう一度、少女を見た。少女のうしろには通勤帰りの大人がもう幾人か並んでいた。

木枯しの中、大人たちの列の先頭に立つ少女の姿は、ちょっと勇ましかった。


季節の境目が、子供の頃にはわからなかった。

それでも冬になると、私の家では男だけがする仕事がひとつあった。薪割《まき》りである。

昔はどの家も、風呂は薪で焚《た》いていた。男たちは丸太や廃材を家に運んで、それを短く切り、さらに斧《おの》で適当な太さに割って薪をこしらえる。でき上がった薪は風呂場の近くの軒下に積んで、筵《むしろ》をかぶせておく。

私が最初に父に薪割りを教わったのは、十歳くらいの時だった。

庭に呼ばれて、半日父と二人で薪割り作業をした。斧には大きいものと小さいものがあった。柄《え》の長い、刃の大きな斧は大きな木を割るのに使う。柄も刃も小さい手斧は、小片のコッパモノ（確か父はそう呼んでいた）を割るのに使った。

最初の冬は、小さい斧で薪割りをした。意外と難しかった。

「木の目にそって刃を当てなきゃ駄目だ。ほらっ、しっかり握ってないと、指が飛んでしまうぞ」

と脅されたり、叱られながら作業をした。二十分もすると身体がポカポカとしてくる。大きな斧で作業をしている父は、いつの間にか上半身は肌着姿になっていた。空に向かって大斧を振り上げる父が大男に見えた。先刻まで冷えびえとしていた庭の空気が、秋の晴れ間のように膨らんだ空気になっていた。

だがそのうち手が持ち上がらなくなる。斧がこんなに重かったかと思えてくる。指がぎごちなくなって、思うように動かない。自分の手ではないように思えてきた。

「休むな。これだけやってからだ」

と父が木の山を指さして言う。あわてて次の木を台の上に置く。初めのうちは、男の仕事をしているんだと妙に喜んでいたが、次第に嫌なことを手伝わされているように思えてきた。二時間程した頃に、母がお茶と菓子を持って現われた。

「ひと休みするか」

父の声で、それぞれの台の上に腰掛けて菓子をほおばる。休憩できることと饅頭《まんじゆう》の甘さで、急に嬉しくなったのを覚えている。

次の年は、弟が加わった。私は大きな斧を持たされた。弟は前の年に私が使った小さな斧を父から渡された。

他所見をしてると指が飛ぶぞ、と私が言われたことと同じことを弟も父から言われる。私の大きな斧は手斧より重いし、狙ったところになかなか刃を振り降ろせない。

「もっと足を踏んばれ。腰を落として斧を振り上げるんだ。腹に力を入れろ」

と父が私に言う。

翌年から、私と弟で薪割りをさせられた。二人だけでは、ひどく時間がかかった。木はひとつひとつ木目が違う。スパッと割れるものもあれば、固くて斧が入らない木もある。それでも不思議なもので、ひと冬薪割りをすると、一見割れにくい木も、どの辺りに刃を入れれば割れるかがわかってきて、コツのようなものが見えてくる。それに前の年に重かった斧が軽いことにも気付く。

「このコッパは楽だな」

と側で弟がひとり言を言ったりする。作業をした夜、弟と風呂に入ると、

「自分で作った薪の風呂は格別でしょう。冬支度をしていただいて……」

と釜口から母の声がした。二人とも一人前の男になったようで、どこかむずがゆい気持になった。お互いの掌をひらいて、赤くなった指の付け根を見せ合ったりした。

ひとつのことをずっと続けていると、自然に見えてくるものが世の中にはあるのだろう。うまく仕事が運ばなかったり、自分には無理だと感じた時でも、そのうち木の目が見えてくるし、斧も軽く思えるはずだ。

数年前に古い家を壊して家を建替えた時、父は新しい家に道具置場を作った。そこへ入ると、三十年前のあの大小の斧が壁に吊るしてあった。赤く錆びた斧の刃に指で触れると、死んだ弟や若かった頃の父の姿が浮かんだ。

今薪を割る家庭はほとんどないと言っていいだろう。蛇口を開けば熱い湯は出てくる。しかし便利になることは、何かを失うことかもしれない。あの薪割りは、私たちにとって習い事の一つだったような気がする。

習い事をすることは、世間を知ることかもしれない。それが書道でもバレエでも剣道でも、なんでもいい。当り前のことを叱られて教わることに価値があるのではなかろうか。

冬の日の午後、姉がバイオリンの稽古に泣き泣き行っていた光景を見たことがある。あんなにしてまでどうして行くのだろう、と思っていたが、発表会の日にステージの上で拍手を送られていた姉は、とても眩しかった。

書いていて思い出した。

あの日、大勢の人の前で恥ずかしそうにうつむいていた姉も、大和西大寺の駅前で出会った少女と同じ黒い靴下を穿《は》いていた。

カウンターの小さな壺

銀座のGでひさしぶりに飲んだ。

「ご無沙汰でしたね」

とバーテンダーのシゲさんが、ウィスキーを注いでくれる。

「すぐまた小倉へ行くんです」

と私は少しヤケッパチで答えた。つい今しがた、西武ライオンズの東尾修投手にすれ違ったからだ。東尾はその日の午後、引退の記者会見をした。私は酒場でちょくちょく東尾と逢って、お互い声をかけるようになっていた。東尾は私が子供の頃に憧れのチームだった西鉄ライオンズの選手である。贔屓《ひいき》チームのない私も、東尾個人はいつも応援していた。

東尾はサッパリした顔をしていた。私は彼になんと言っていいのかわからなかった。

だが、顔が合った途端、

「これから、いろいろ教えて下さい」

と丁寧に挨拶《あいさつ》をされた。酒場で逢う彼はいつもこんな感じで、礼儀正しい。その上彼の酒は実に明るい。彼ほどの名選手に、私が教えられるものなど何もあるはずがない。

それにしても、来シーズンから東尾のユニホーム姿が見られないのは淋しい。

「また一人、男っぽい選手がプロ野球からいなくなりましたね」

とシゲさんがポツリと洩らした。シゲさんの顔が少しせつなく見える。

いいバーテンダーのいる酒場を知っている男は幸福である。イイナーと思えるバーには、必ず物静かないいバーテンダーがいるものだ。

バーテンダーは、男の仕事の中でもかなり大変な職種だと思う。私は酒を飲む人間だが、酒を上手《うま》く飲ませる人を本当に尊敬する。私にはとてもじゃないが、酒を気持良く飲ませる仕事はできない。

実は昔、麻布のバーで働いたことがあった。二十年前の話だ。そこはアメリカ人相手のサロンのようなクラブで、中の支払いは全てドル建てであった。そのクラブの地下にピアノ・バーがあった。新聞広告を見て、私はそこにアルバイトの口を求めて行った。面接で英会話の試験があった。どういうわけかパスした。

ピアノ・バーには二人のバーテンダーがいた。一人は鷲鼻《わしばな》のハーフのような感じの男で、いつもポマードで髪をテカテカに光らせていた。もう一人は短髪で、日活スターの和田浩治に似た男だった。私は短髪の男に可愛がられた。遅番での帰りに、新橋あたりの一杯飲み屋でご馳走になったりした。しかし鷲鼻の方は、何かにつけて私につっかかるような態度をとった。

その頃、バーに時々ベトナム帰りの兵隊が来ることがあった。短髪は兵隊が好きらしく、少し多目にウィスキーを出したりしていた。鷲鼻はその逆で、チップの少ない兵隊を極端に嫌った。アメリカ人と一緒に現われる中国人や日本人もいたが、その人たちにも馬鹿にしたような態度をとった。私は鷲鼻を好きになれなかった。

鷲鼻はナイフを使うのが上手かった。パチンと音を立てて、細い刃を出しライムを刃先で器用に刺して拾っていた。

勤めてから一カ月くらい経った昼間、私はバーの裏手にある路地で、酒の木箱を片付けていた。すると一番奥に置いてあった箱の中に、ウィスキーのさらが一本入っていた。おやっ、と思ったが、しめたとも思った。私はそれを頂戴した。

一週間して、私はその路地で同じように片付けをしていた。また宝物にありつけないか、という気持もどこかにあった。すると背後から、

「やっぱり、おまえだな」

と凄味のある声がした。振り向くとそこに鷲鼻が立っていた。冷たい目をしていた。

「なんのことですか」

　と私は白を切ることにした。

「とぼけるな、先週そこに置いておいたボトル一本、持っていっただろう」

　鷲鼻の肩が上下していた。興奮すると彼はいつも肩で息をする。私は鷲鼻を無視して、路地からバーの中に入ろうとした。その時、パチンと音がして、鷲鼻が右手にナイフを出していた。私はドアの方へ一、二歩下がった。鷲鼻は黙って私を見ていた。肩が先刻より揺れていた。背筋がひんやりとした。しかし私はなるようにしかならないと思って、開きなおって鷲鼻を見た。

　私は小さい頃から喧嘩や争い事になると、やるだけやってみようという気になる。命までとられるものか、と妙に落着いてしまう。それがアブナイと、友人から言われるのだが……。

　沈黙が続いた。その時バタンと裏戸が開いた。短髪が顔を出した。鷲鼻はナイフを隠した。おはようございます、と言って私はバーに入った。

　その夜、仕事が終って短髪に昼間の件を話した。そのウィスキーはどうした？　と聞かれて、もう飲んでしまった、と言った。短髪は笑っていた。

「あれは、あいつの儲け口だからな。あいつも盗んでるが、おまえも盗んだわけだから、やっぱり怒るだろうよ。客に出すウィスキーを少しずつ少な目にして、一本頂戴するのだから、あれで結構大変なんだろう」

短髪は、鷲鼻が横須賀生まれで、子供の頃ひどく苦労をした話をした。

「あいつの兵隊嫌いは、きっと何かわけがあったんだろうな……。しかしおまえ、別にバーテンダーになる気がないなら、こんなところへずっと居ても仕方ないだろう。この世界にはこの世界だけの、しきたりもあるんだぞ」

といつもとちがった顔付きで言われた。それからしばらくして私は別のアルバイトに移った。

私のグラスの氷が音をたてた。

シゲさんがナイフでレモンをスライスしている。そういえば、数年前シゲさんから聞いた話だが、小さな壺の話はとてもよかった。

酒を飲みに行く男の胸の中には、小さな壺があるという。その壺は喜怒哀楽の感情とは全く別の、男が大人になれば自然にかかえる壺である。仕事や家庭が順調にいっていても、その壺が時々、乾いてヒビ割れる。それがぼんやり痛む夜がある。一杯の酒がその壺に沁み込んで、少し気分を楽にさせてくれる。酒にはそんな不思議な力がある。

カウンターに、一日働いてきた小さな壺が並んでいる。一人のバーテンダーがその壺に静かに酒を注いでいる。やがて小さな壺が、コトリと音を立てる。バーテンダーが優しい眼をして、その音にうなずく……。

一九八九－一九九〇年

『神様は風来坊』より

雨の中の少年

しばらくぶりに鎌倉へ行った。

鶴岡八幡宮で寒牡丹《かんぼたん》、鎌倉山で桃の花を見物して、由比ヶ浜に出た。生暖《なま》かい風が吹いて、稲村ヶ崎の方から雨雲がひろがっている。

少年が一人、海を見ていた。丸坊主に刈った頭が気持ちよさそうだ。海を見ている少年の姿は、熱気があっていい。

取材を終えて、長谷のK寿司へ行った。

「ごぶさたしてます」

「どうも、お待ちしておりました」

主人の健さんが笑顔で迎えてくれた。女将《おかみ》さんも元気そうだ。この御夫婦は、私のお仲人さんでもある。

私が逗子、鎌倉に住んでいた八年間、御夫婦は私を息子のように可愛がって下さった。

その頃、私は旅から帰ると、この店の隅で毎晩閉店まで飲んでいた。お客がいない時は健さんと将棋をさしたり、健さんが贔屓《ひいき》の巨人軍の敗因について話したりしていた。

「息子さんはどうしたの？」

「車の免許を取りにやらせてます」

「そうか、卒業だものね」

一人息子は今春高校を卒業して、鮨《すし》職人の修業をはじめる。たぶん健さんは銀座あたりの鮨屋に息子を修業に出すのだろう。誰かに怒鳴りつけられている息子さんの姿が浮かぶ。父親が他人に殴られたように、息子も他人に殴られる春がはじまる。

「免許というと、M夫を思い出すね」

私がそう言うと、健さんは苦笑いした。


M夫が女将さんの故郷の浜松から、K寿司に修業に来たのは、七年前の春のことだった。初めてM夫に逢った夜、綺麗《きれい》に丸坊主にされた彼は、少年のあどけなさが残る可愛い目をした若者だった。

「がんばってね」

私が声をかけると、M夫は顔を赤らめてうつむいた。

無口な子だった。健さんが怒鳴ると、親の顔を見つめる息子のように、少し目をうるませて返事をしていた。

「もう少し元気だとねえ」

女将さんはM夫の姿を見て言った。


或る夜、健さんから電話があった。

「次の週の水曜日なんですが、お忙しいでしょうか？」

「いや別に何もないよ。ひさしぶりに東京の酒場でもやっつけに行く？」

「いえ、実はM夫とつき合ってもらえないかと思いまして……」

健さんの話は……K寿司の次の休日にM夫をプロレスに連れて行って欲しい。どうもあいつはプロレスのファンらしい。自分が一緒に行くとあいつも緊張するし、まだ一人じゃあ横浜の会場まで行けない。M夫が口をきけるお客さんはあなただけなので……そんな話だった。

その日は朝早くに鎌倉を出た。M夫は新品のシャツを着ていた。彼は嬉しそうだった。

私も健さんに小遣いをもらって嬉しかった。前夜、健さんに言われた。

「勝手なお願いですが、食事は一流の処へ連れていって下さいまし」

健さんの鮨職人の修業のひとつに、一流のものを見せて勉強させることがあった。

私たちは横浜の一流ホテルのレストランでフルコースを注文した。

緊張していたM夫は、最初のスープをいきなり飲んで、口の中を火傷《やけど》した。

「大丈夫？」

「なんてことないっす」

そう言いながらも、M夫はこらえ切れなくなって泣き出してしまった。結局食事の間中、M夫は黙って氷を舐《な》めていた。

食事の後、私たちは山下公園を散歩し、馬車道の店をのぞいたりした。M夫は私のうしろから口をおさえながら、とぼとぼと歩いていた。彼はよけい無口になってしまった。

中学を出てすぐに働きに出たM夫が少し可哀相に感じた。

プロレスの会場に着くと、そのM夫の目が俄然《がぜん》輝き出した。もうかなりの子供が集まっていた。やがて一台のバスが着いた。子供たちが一斉にそのバスへむかって走った。M夫はバスと私を交互に見ている。

「見ておいでよ」

私の声にM夫は全力疾走でバスにむかった。こんなに元気なM夫を見たのは初めてだった。M夫は本当にプロレスが好きなんだと思った。M夫が元気になって、私も嬉しくなった。

私は会場へは、少し遅れて入った。中に入ると場外乱闘の真っ最中で、M夫の席は空だった。金髪のレスラーが竹刀《しない》を振りかざし、鎖を身体中に巻きつけた外人レスラーが椅子を投げたりと大騒ぎだった。子供たちはそれを遠巻きに見ながら、時々物を投げたりする。いつからプロレスはこんなにハデになったのか。

その時一人の少年が、

「馬之助、テメエー、コノヤロー」

と顔を突き出して毒づいた。馬之助はその少年に持っていた竹刀を振りかざそうとした。少年は忍者のように飛んで、椅子の上を走った。少年が振りむいた。M夫だった。私は驚いた。

鎌倉に戻って、その夜健さんと酒場に行った。健さんはお礼ばかり言っていた。

「どうでした、M夫は？」

なんと説明していいかわからなかった。

「あの子は意外と活発だよ……」


半年して、M夫はバイクの免許を取らせてもらった。出前に行くM夫の横顔は、少し大人になったようにも見えた。

しばらくして、そのM夫が行方不明になった。出前に行ったきり店に戻って来ないと、女将さんが言ってきた。

夜になって、M夫が浜松の実家にバイクで着いたと連絡を受けた。大胆な子だよ、と女将さんは言った。健さんと話し合って、私が浜松へ行くことにした。

雨が降る九月の夕暮れ、M夫は母親と三人の弟、妹と駅前の喫茶店へ来た。

「M夫、親方が心配しているから鎌倉へ戻ろう」

小さな妹がM夫の膝の上でテーブルのコーラを取ろうとした。M夫はそれを手に取って妹に飲ませてやった。

「つらいと、本人は言うとります」

母親が言った。私は失礼だと思ったが、母親と話す気はなかった。M夫はもう十五歳なのだ。

「M夫、ここで逃げたら、どこへ行ってもつとまらないよ。鎌倉に一度帰ってから、どうするかを決めようよ」

M夫はうなずいた。

私はM夫と駅の改札口で別れた。M夫は雨の中で傘もささずに私を見ていた。電車が天竜川を渡る時、水面のむこうに妹をやさしく抱いたM夫の瞳があらわれた。誰にだって事情はある。それが人生なのだろう。男は大人になったら逃げるわけにいかない。

それから一度M夫はK寿司に戻って、まもなく浜松に帰って行った。

雨の降る日に少年を見ると、M夫の小さなうしろ姿を思い出す時がある。

M夫はどうしているのだろうか。

闇の中の微笑

祇園のOで夕食を摂《と》っていた。

目の前で立ち働く主人のMさんの背後で、小さな花が見え隠れしている。今宵の花は、ひなげしに、おだまき。少し背の高い緑は、万作《まんさく》の新芽。

「それにしても天皇賞のイナリワンは強かったねえ」

「ほんまどすわ。武豊いう騎手は若いのに感心します」

私は数日前に淀競馬場で見た、春の天皇賞での武豊騎手の鮮かな勝ちっぷりを思い出していた。武豊騎手は、癖のあるイナリワンをよく3コーナー手前まで我慢をさせたものだ。

直線で鞭《むち》を入れると、癖馬は末脚を爆発させてレコード・タイムで勝ってしまった。二着には河内洋騎手の乗るミスターシクレノンが飛込んだ。兄弟弟子の一、二着である。パドックでいい顔をしている騎手がいるな、と出走表で確かめたら、河内騎手だった。大人の男の顔をしていた。彼が兄弟子なら、武騎手も驕《おご》らないはずである。

私は騎手の仕事は、馬と丁寧に喧嘩をすることだと思っている。人馬一体とよく表現されるが、そんなことは百回に一回もないだろう。

人間の恋人同士でもそうだろう。仲睦まじく見える男女は、案外とこわれやすい。逆にささいなことでも本気で喧嘩をしている男女の方が、しぶとく続いているように思われる。はたで見ていて、よく毎々言い争うなと思うが、当人たちは本気である。本気ということは正直だということであり、正直は裏をかかないということだろう。

声紋というものがある。指が指紋で、声はそう言うらしい。電話の声ですぐ相手の顔が浮かぶ人と、名前を名のるまでわからない人がいる。声紋がはっきりしない人なのだろうか。

数年前に、銀座で働く競馬好きの女子大生とナイター競馬を見に行く約束をした。待ち合わせ場所を決めるのに、教えられた自宅の電話番号に電話をした。

「はい、××です」

可愛い声にすぐ彼女のほがらかな顔が浮かんだ。

「やあ元気、今夜は一発決めようね。うしろからズバッと差しちゃおう」

「………」

夜の店でいつも交わす会話の調子で話したら、相手は黙っている。

「もしもし？」

「はい」

「××さんのお宅ですか？」

「はい、さようでございます」

　さようであるなら、これは相手が違う。声は彼女と変わらない。お母さんだった。今夜・一発・ズバッと差す……、なんと思われたろう。冷汗が出た。母親と娘の声が似ているケースは多い。しばらくして友人から声紋の典型的な例だと聞いた。それにしても競馬用語はアブナイ。

　これが競輪用語なら、一般の人にはほとんど理解してもらえない。うしろから捲《まく》りあげて、ズボズボに差されたぜとか、ソーレ、そこで一発かましてやれなんてのを、競輪場では全員が話しているのだから……。

　私は普段、知人にしか電話をしない。だから突然知らない相手から電話がかかると身構えてしまう。相手が女性なら、どんな人だろうと思う。まして声が綺麗だと、余計に興味を持つ。

　常宿にしているホテルの交換手もそうである。愛想が良くて、なんとなくこちらの声も覚えてくれている感じがすると、美人なんだろうと勝手に想像する。しかし相手の顔は浮かばない。闇の中で声だけが残る。

「声美人ってあるのよ」

と友人の女性から言われた。ちょっと失礼な言葉である。女性は同性のことを言い表わす時、男性より残酷な言い方をする。

もう十年以上も前、深夜にある酒場の電話番号を尋ねるために、104に問い合わせたことがある。店の名がうろ覚えだったため、それらしき名をいくつか挙げて、電話に出た104の女性に尋ねた。

真夜中であったせいか、彼女は根気良くその店の名前と住所を照らし合わせながら調べてくれた。私もいい加減な自分の記憶をたどりながら、思いつく店の名を言ってみた。

違うたびにこちらもタメ息をついていた。そのうち彼女も一、二度タメ息をついた。どこか友だちになったような気分になった。

「すみませんね。こんな夜遅く迷惑をかけてしまって」

「いいえ、しかしお気の毒ですね。その店の名、漢字ということありませんか」

彼女はなお頑張ってくれようとする。

「いや、しばらく行っていないからなくなったのかも知れない。じゃあ××を調べて下さい」

と私は友人の家の電話番号を尋ねた。答えの出ない数学の問題を二人で解いているようで、違う問題でもいいから答えを出して終りたい気がした。その番号はすぐにわかった。礼を言って切ってから、彼女はどんな女性で、どんな場所で仕事をしているのか気になった。教えられた友人の家に電話をすると、先刻まで探していた店の名がまるで違っていた。私は彼女に悪い気がした。

小一時間して、私はまた電話番号を探さなくてはならなくなった。1、0、4とダイヤルを回すと、出てきた人の声は先刻の女性とそっくりであった。

彼女が電話番号を探す間、私はどうしたらいいものか迷った。電話番号を教えてもらった後、人違いかも知れないが、先刻××という名の店を探して下さった人ですかと言うと、電話の向こうでは黙ったまま答えない。たぶん規則でそうなっているのだろう。その沈黙から、私は彼女が本人なのだろうと思った。勝手に喋って、店の名が違っていたことを詫びて、礼を言った。

「どうも、よかったですね」

と彼女は言った。闇の向こうで微笑んでいる女性の顔が浮かんだ。しかし偶然とはいえ、驚いた。何万分の一の確率だろう。

近頃104に電話をすると番号は一つしか教えてくれない。それに以前より応対が横柄に聞えるのは、私一人の思い過ごしだろうか。

Oを出る時、同席の友人の奥方から鈴蘭《すずらん》の花を頂いた。友人の庭に咲くらしい。それも北側の日蔭で咲くと聞いた。寒い国の花なのだ。

翌朝起きると、鈴蘭がグラスに活《い》けて、私の机の上に飾ってあった。

今年は六月になって北海道へ馬産地の牧場見学に行く。小さな釣鐘のような白い花が、馬の背につける鈴のように思えた。

どこからともなく軽やかな蹄《ひづめ》の音と、可愛い鈴の音が聞えてきそうだ。

金魚

白い鉄線が花を開いている。

上等の和紙を小刀で切ったように、六弁の花先が鋭くのびていた。

夜明けの五時。なんとなく目覚めて仕事部屋に行った。昨日の午後から降り始めた雨は、今は霧のように細かい雨に変わっている。

簾《すだれ》を上げて窓を開けると、冷たい春の朝の風が流れ込んだ。煙草を一本くわえて火を点《つ》けると、煙りが糸を引くように外へこぼれた。

机に戻り頰杖をついて、二本目の煙草を吸った。鉄線の花の向きが変わっていた。風で動いたのだろうか。ふと花の中から小人でも出てきそうな気がした。

色川武大さんこと阿佐田哲也さん（私はこう呼んでいたので、今回は阿佐田さんで行く）の亡くなった朝も、明け方からこの部屋でうとうとしていた。今朝と同じように霧雨が窓を濡らしていた。たしか、同じ鉄線の花が活《い》けてあった。あの日の花は紫色だった。

阿佐田さんが亡くなって、もう一カ月余りが過ぎた。

昨日の午後、散歩がてら東山通りを歩いた。八坂の塔の近くまで行くと、熱帯魚を売っている店があった。表に水槽が出してあって、その中に何種類かの熱帯魚が泳いでいた。めだかを少し大きくしたような青い小魚、どじょうに似た銀色のもの、黒と白と黄色の模様のもの……、隣りのすこし小さめの水槽に金魚が数匹いた。夜店で売っているのと違って皆大きく、鮮かな赤い体をしていた。その中に一匹、赤と白のぶちの金魚がいた。それは太っていて、のっそりと泳いでいた。私が水槽のガラスに顔を近づけると、その金魚もゆっくりと私の方に近寄ってきた。

目の大きな金魚で、私がじっと見つめていると、気のせいか相手も私をじっと見ている気がした。金魚は時々目を細める。その表情には愛嬌があった。じっと見つめているうちに、妙に懐かしい気がした。初めその気持ちは、自分の子供の頃に見た記憶から湧いてきた感情だと思った。しかし私の記憶の中には、こんな大きな金魚はいないはずだ。その途端に目の前の金魚の表情が、阿佐田さんの顔に似ていることがわかった。

競輪がある度に、私は阿佐田さんに連絡をして、都合がつけば一緒に旅に出た。旅といっても、競輪場に行って宿で食事をしてやすむだけの繰り返しであった。

宴会をするわけでも、美味いものを食べ歩く旅でもなかった。ただ競輪を観て、車券を買う。それだけのことでしかないのだが、私は楽しかったし、阿佐田さんも普段より元気に見えた。

全国の競輪場を回っていると、阿佐田さんの昔の顔馴染みの人たちが声をかけてきた。四国の芸者さんで（もう六十歳近かったが）ギャンブル狂の女傑がいたり、怖い親分もいた。夕暮れから麻雀になることもあった。しかしどんな相手にでも阿佐田さんは態度を変えることがなかった。

二年前の夏、私は阿佐田さんと青森の町にいた。

競輪の終った夜、私たちは競輪新聞を発行している会社の社長たちと麻雀をした。麻雀は阿佐田さんの一人勝ちであった。私たちは雀荘を出て宿まで歩いた。

「少し飲んでから帰りましょうか」

と阿佐田さんが言った。

「そうですね」

麻雀をした直後は頭のどこかがまだ興奮していて、少し疲れを癒《いや》してやりたい時がある。深夜三時を過ぎた時刻で、表通りの店は皆灯が消えていた。

この路地が良さそうだな、とポツリと言って、阿佐田さんは細い路地を歩き始めた。少し走ったりすると息切れする阿佐田さんなのだが、競輪場や繁華街の人混みの中を歩く時は異様に速かった。

細い路地を阿佐田さんは足早に歩いていた。その時、灯の消えた赤ちょうちんの角から人影が急に現われ、阿佐田さんとぶつかった。出逢いがしらという感じだった。相手の男はドンと音がするほど酒場の戸に撥《は》ね飛ばされた。途端に相手が大声で啖呵《たんか》を切った。相手は二人連れだった。よく聞きとれないが、普通の男たちではない。

私はぶつかった男と阿佐田さんの間に入った。謝ったのだがおさまりそうもない雰囲気だった。路地は暗くて相手の顔もよく見えない。私は黙って二人の眼を見ていた。啖呵を切った男の背後にいた背の低い男の眼が鋭かった。彼の眼は私の顔を見ていなかった。私の後ろにいるはずの阿佐田さんの方に視線がそそがれていた。私は一瞬、阿佐田さんの方を振り返った。阿佐田さんの眼は動物のように光っていた。

「おい、行こう」

背後の男が言って、相手は私の肩を押すようにして路地を抜けて行った。

小さな炉端焼きの酒場に入って、私たちは酒を飲んだ。

「さっきは怖かったですね」

と私が言うと、阿佐田さんはうとうとと居眠りをしながら、

「なんだったっけ？」

とぼんやりした眼で笑って、船をこぎ出していた。

阿佐田さんが亡くなってから、何人かの編集者から、

「伊集院さん、あなたの小説の話を阿佐田さんがしていらっしゃいました」

と聞かされた。何度となく二人で旅行に出かけたのだが、私は一度も阿佐田さんと小説の話をしたことがなかった。なのに私の拙い仕事をちゃんと見ていて下さった。

短気で我慢のきかない自分が、阿佐田さんのそばでは不思議に素直になれた。

「伊集院と結婚してもいいと思っています」

と酒場で、突然そんな言い方をして私を驚かす時もあった。私が飲み過ぎて体調をこわしていると、中国鍼《ばり》の先生から漢方薬をもらって届けにきて下さった。

私は阿佐田さんにずっと甘えたままで、何もお返しできなかった。

この春、還暦のお祝いに、私は赤いカーディガンを探していた。阿佐田さんは赤いタートル・セーターが似合った。

赤いべべ着た　可愛い金魚
おめめをさませば　ご馳走するぞ

神楽坂の家で、棺の中の最後の顔を見た時、私はこの童謡が、ふうっと頭の隅からこ

ぼれてきた。

もうすぐ梅雨に入る。阿佐田さんとの旅は不思議に雨の日が多かった。雨で有名な高松宮杯競輪が琵琶湖・大津で始まる。別名〝雨の宮杯〟には阿佐田さんの姿はない。

蛙の声

ひと雨あがるたびに、山の緑がまぶしくなる。

仕事場の窓から京都・東山の連峰が見えるので、今の季節、木の葉が日ごとに緑を増すのがよくわかる。

とくに二、三日雨が続いて、窓の外の風景が灰色ばかりだった明け方、強い陽差しがさしこんで、雨雲が失せた青空の下に見える山景色は、チューブから出したばかりの油絵具のようにつややかなグリーンをしている。乱反射する光りまでが緑色に見えるし、窓を少し開けると吹いて来る風の中にも、かすかに木々の匂いがする。緑の匂い、とでも形容するのか。

雨上がりの風景は山に限らず、みな瑞々《みずみず》しく見える。

青蛙《あおがえる》おのれもペンキぬりたてか

私の好きな句である。この句は芥川龍之介の作であるが、口にするたびに青蛙の皮膚のつややかさがよく見えてくるし、口をへの字にして前脚を突っ張らかして構えている小さな主人公が想像される。

がま蛙にはくせもののイメージがあるが、青蛙には愛嬌がある。

八つ手の葉の上や、いちじくの葉蔭からぴょこんと青蛙が顔をあらわすと、こんなところで何をしていたんだおまえ、と言いたくなる。

子供の頃、梅雨前の水田にはおたまじゃくしが無数に泳いでいた。手ですくえば数匹のおたまじゃくしが、ぴょんぴょんと跳ねていた。これが全部蛙になってしまうと、町中蛙だらけになってしまうのではなかろうかと心配したことがあった。妙な子供である。しかし町が蛙で溢れてパニックを起こしたという記憶はない。

蛙が小川を渡って行く姿も面白い。後ろ脚を開いてから、のばしきった時の恰好は、ちょっと間が抜けていて可愛らしい。それでいて虫かなんかを狙っている時の表情はびっくりするほどふてぶてしい。虫が寄りつきそうな場所にじっと動かずにいて、虫が自分の舌の先の届く距離にとまると、一瞬のうちに口に入れてしまう。その時、蛙は決して虫の方を向かない。そこらへんが渋い。いや、渋いというより、見事である。プロの仕事だ。

一度、東京競馬場で私のすぐそばでスリがつかまったのを見た。捕えた刑事はスリを後ろから抱きかかえるようにしていた。

「ヨシッ」

と二人の刑事のうちの一人が言った。人だかりがそこだけ空いて、スリだ、と誰かが言った。皆その捕り物を眺めていた。刑事はひどく興奮していたが、つかまったスリは顔色ひとつ変えないで黙っていた。その顔が蛙に似ていた。

上京して蛙の声を聞いたのは、大学の野球部に入部してからだった。蛙の声といっても、それは本物の蛙ではなく、一級上の二年生が出していた声だった。

入学式の前に野球部の寮に入った私たち新人部員は、見習い期間の一週間、二年生のすることを見学しながら、いろんなことを覚えて行く。挨拶の仕方、お茶の出し方、掃除の順序、蒲団の敷き方、廊下の歩き方(別に特別な歩行姿勢がある訳ではない。要は廊下の隅を歩け、ということである)、タクシーに乗り込む順番、風呂の焚き方、洗濯の仕方……、誰がここまで完成させたか、と感心するほど下級生の仕事は朝から夜眠るまで山積みしていた。

数日後、練習が始まる昼過ぎに球場の上に雨雲が広がりはじめた。するとグラウンドを整備していた二年生が、一斉に合唱を始めた。

ゲロゲロゲロ、ゲロゲロゲロ――。

三十人近い部員が一斉にそう叫ぶのだから、私たち一年生はあっけにとられた。

「あれは何をしているんですか?」

と一年生の一人が二年生のマネージャーに聞いた。

「雨を呼んでるんだよ」

とマネージャーは言った。よく見ると大声で叫んでいる上級生は、野球帽を逆さにして頭の上にのせている。

「あれは何なのですか?」

「雨がちゃんと降ってきて、帽子で雨水を受けるおまじないだよ」

とマネージャーが説明した。一年生の誰かがクスッと笑った。

「おかしいだろう。そのうちわかるよ、おまえたちにも」

その時、合宿所の最上階の窓から、

「おまえら気合いが足らんぞ」

と上級生の大声がした。グラウンドの合唱は一段とボリュームが上がった。その時私は、野球の練習が中止になるのを願うのは、少し不謹慎のような気がした。

しかしひと月も経たないうちに、笑い声を上げた同級生も、グラウンドで雨雲に向かって大声を上げていた。その声は、正確には雨雲に向かって、

「来い来い来い――、ゲロゲロゲロ――、来い来いゲロ――」

と復唱することだった。田舎から仕送りを続けていた親は、まさか息子たちが逆さにした帽子を頭にのせて、雨雲に向かって蛙の声を出しているとは思わなかっただろう。

今、私の仕事場には二匹の蛙がいる。ひとつは陶器で、もうひとつは石の彫刻である。二匹に共通しているのは脚が三本で口に古銭をくわえている点である。

三本蝦蟇《さんぼんがま》、と呼ぶそうだ。

「ギャンブラーのお守りです」

そう言われていただいた。チャイニーズ・マフィアこと原宿のBの主人・石山氏からだ。ギャンブルのお守りと言われたからには粗雑にあつかえなくなった。二匹並べて置くとどうも喧嘩をしそうで、東と南の隅に鎮座願っている。効力はどうですか、と人に聞かれるが、あまり芳しくもない。しかしこの二年間、破産をしていないところをみると三本脚の蛙もそれなりの仕事をしているのかも知れない……。

雨の日の話を書こうと思っていたら、蛙の話になってしまった。

上京をしてから、私は土のある家に住んだ経験が少ない。今からどう働いても自分の家は持てそうもない。もし上手い具合いに庭のある借家にでも住めたら……、雨の日に私は縁側に座る。家人に気づかれぬように裸足になる。そして濡れた土の上にそっと足を置く。足の指をゆっくりとのばす。冷気と湿った水気が身体の上に伝わってくる。あの感触を、子供の頃のようにもう一度試してみたい。軒からの雨垂れが足の甲に当って跳ねるのも悪い気分ではない。

あの頃の私は、梅雨の庭の片隅の中でも冒険ができていた。

どこかで蛙の声がかすかに聞えていた。

緑色の馬

小さな駅の片隅に、小さな紫陽花《あじさい》が咲いていた。

静かな北の町の駅は、立ち止まると背後から海鳴りが聞えた。風の強い昼下り、うす紫の花が雨滴《あまだ》れに濡れて、風に揺れるたびに光っていた。

駅舎に入ると、売店が一軒。切符売場はない。大きな荷物を脇に置いたおばあさんが一人、黙ってベンチに腰をかけている。そのおばあさんの後ろに、四国の澄んだ海を撮ったポスターが貼ってある。青い海と青い空……、北の人たちは南のぬくもりに憧《あこが》れ、南の人間は北の冷たい原野に憧れるのだろうか。

北海道、日高本線・富川駅にいた。

牧場を巡る旅である。今日は富川から浦河《うらかわ》まで移動する。車窓から見える海岸線の風景が美しいと聞いていた。

電車は今しがた出たばかりだった。次の電車までは一時間半くらいある。

「少しこの辺りを見て回りましょう」

同行のS記者が時計を見て言った。私たちは、もうすぐセリ市に出るシンボリルドルフの仔馬を見に行った。栗毛の馬だった。北海道に来てから何十頭も仔馬を見た。一頭、一頭雰囲気が違う。臆病な仕種《しぐさ》をする馬もいれば、人なつっこい馬もいる。しかし共通しているのは、どの馬も驚くほど眼が澄んでいることだ。馬も人間も、子供の時は皆同じだ。

日高ケンタッキー・ファームに行く。牧場主のSさんの話を聞く。

「馬は人間の言うことを聞く動物です。たぶん全ての動物の中で一番従順でしょう。馬を良くするのも悪くするのも、人間次第です」

Sさんは三十年前に無一文で日高に来て、この牧場を築いた。窓の外では乗馬を楽しむ旅行客が、木立ちの間を散策している。

前日、私は生まれて初めて馬に乗った。馬の背に股《また》がってみて、こんなに高いのかと驚いた。おとなしい馬で乗り心地は良かった。しかしこの馬が全速力で駆けるとなると……、そう思うと急に武豊騎手が私に、

「馬が本気で違う方向へ走ろうとしたら、人間の力ではおさえ切れません」

と言った言葉が思い出された。それでも乗馬をする人の気持ちが、少しわかる気がした。馬を自由に乗りこなせたら、いいだろうな。草原を駆け抜けて、岬の果てに行き、海原を見つめたら……、ちょっと絵になるな。

日高でも馬に乗りたかったが、前夜酒場でS記者に、

「伊集院さんが乗ったら、馬がしかめっつらをしていたな」

と言われたので、よすことにした。


馬の絵を描いたことがあった。

私は子供の頃、絵を描くことが好きだった。通信簿の中で、図画工作だけが良い点をもらっていた。誉められるから、よけいに一生懸命に描いたのだろうと思う。

その馬の絵は、油彩だった。コテで塗るのが好きで、油絵具をたっぷり使って半分はペンキ職人の気分で描いた。緑の馬だった。高校の美術の教師は、

「緑色の馬はいないだろう」

と言った。

「いいんですよ。僕は色盲だから」

と答えると、いやな顔をされた。

今でも色盲と呼ぶのかどうか知らないが（この表現は変えた方がいいように思う）、私は小学校の目の検査でそう言われた。色盲の検査は、二年に一回あったような気がする。正確には赤緑色弱である。小学校の担任のT先生が絵の好きな先生で、私の絵をよく誉めてくれた。

ある時、身体検査で色盲の検査があった。検査の本は、万華鏡を覗いたような色模様の中に数字が印刷してある。正常なら3に見える数字が、異常がある子供は8に見えたりする。私が違った数字を言おうとするとT先生は、

「そんな数字じゃないだろう。もっとちゃんと見てみなさい」

と真っ赤な顔をして叱った。私は緊張して目を見開いた。T先生は指で模様をなぞって、正しい数字を私に言わせた。だから小学生の後半は、私は色弱ではなかった。

家庭訪問の時、T先生は母に、

「絵描きになるといいんだがな」

そんなことを話していた。

中学に上がると、また色弱と判断された。私はその頃野球に夢中になっていたから、絵描きというと、ベレー帽にパイプをくわえている恰好が浮かんで、どう考えても長嶋茂雄の方が立派な人間に見えた。

それでも母は、隣り町や九州でピカソやセザンヌの展覧会があると、見に行くように言った。

高校生になって野球部に所属をしていたのだが、美術部の教師が絵を描いて提出するように言った。文化祭の時、私は油絵を出品していた。

甲子園の予選に敗れて進学の話になった時、美術部の教師に呼ばれて、

「美術大学を受験してみないか」

と言われた。母もその話には賛成だった。しかし私は色弱だったので、無理だと言った。彫刻なら問題はないと言われた。そのとき、母にある病院に行くように言われた。そこでは色弱を鍼治療で治すというのだ。

「あれは遺伝だから治るもんじゃないだろう」

私はそう言ったが、母の説得に仕方なくその病院に通った。昔、軍医だったというその病院長は、治る治ると笑って言った。治療は目のまわりに何十本もの鍼《はり》をさして電気をかける方法だった。治療が終ると色弱の判定の本を見せられる。私の想像だが、日本全国で色弱の判定をする本は二、三種類しかなかったはずである。毎日、その本を見せられるのだから数字を覚えるのは当り前だった。開いたページの図柄で、数字はすらすら言える。

「よし、かなり良くなったぞ」

と院長は喜んでいた。ところがある日、まったく新しい本が届いた。見てみるとまるでわからなかった。

私は美術大学をあきらめて、大学で野球をすることにした。私自身もその方がよかった。

浦河の赤田牧場に行った。牧場主は女性である。ご主人を早く亡くしてから、女手ひとつで頑張ってこられた。一家総出で迎えられて嬉しかった。仔馬を見て、夕刻からは様似《さまに》の町まで魚を食べに連れて行ってもらった。

息子さんはハンサムで好青年だった。

「クラシック馬を出したいわ」

浦河のスカーレット・オハラと呼ばれる美しい牧場主は言った。

いろんな夢で迷う人間より、ひとつの夢を追い続ける人の方が、はるかに良い顔をしている。

宝探しの海

　夕顔《ゆうがお》、くちなし、南天《なんてん》、鬼灯《ほおずき》……夕暮れの風が立ちはじめた神楽坂に、露店の花売りが鉢を並べていた。

　ソフトクリームに似ているな、夕顔の蕾《つぼみ》を見てそう思った。冷たくて柔かそうな花びらがらせん状に巻き上がっていた。

　神楽坂で原稿を書く仕事がしばらく続きそうなので、その夕顔を買って帰ろうかと思った。花が開くのを見てみたい。

「まけとくよ」

　と花売りのおやじは言った。そう言われると買いたくなる。

「今夜あたり咲くのかね？」

「いや、明日だね」

　そうか明日か。私は夕顔の蕾に鼻をくっつけるようにして見直した。蕾は先の方が少し割れていて、今にも開花しそうで、震えているように見えた。

「やっぱり、今夜咲くんじゃない」

「夕方咲くんだよ、この花は」

「じゃあ、今から咲くんじゃない？」

「まだ咲かないってば」

おやじは決めつけるように言った。私は腹が立った。てばはないだろう、焼鳥屋じゃあるまいし。

毘沙門天《びしゃもんてん》から下って行くと、雑貨屋の軒に水中メガネが吊るしてあった。


子供の頃、夏が近づくと雑貨屋の軒に虫捕《と》り籠、虫捕り網、浮き袋、サンダル、水中メガネ……といった夏物が並びはじめる。それが子供にとって夏休みの知らせのようなものだった。

夏が来る、学校に行かなくていい、一日遊べる、海へ行ける、天国だ、と子供なりに頭の中がパチパチと音を立てて回転し、楽しい時間が頭の中に浮かぶ。

あの頃、水中メガネを持っている子供は少なかった。それも今のようなアンパン型のものではなく、ふたつ目玉の粗末なものだった。

その水中メガネを持っている友人と海や川へ行く。みながジャンケンで交互にそれを着けて水の中へ潜る。

初めて水中メガネで海に潜って、魚が目の前を横切った時は驚いた。魚の眼の玉まで見えた気がした。さざえを見つけて、それを捕って水から上がると、水の中よりはずいぶんと小さかった。

水中メガネを着ける時はガラスに唾《つば》を吐きかけた。あれはどういう意味があったのだろうか。


あれは何歳《いくつ》の夏だったろう。

年長のKと四人で、二台の自転車に乗って今まで一度も泳いだことのない岬に行ったことがあった。

鬱蒼《うっそう》とした山の中を抜けてその岬に着いた時、海の澄んでいることに感嘆した。水の中には大きな魚がたくさんいた。

「ちきしょう、釣り道具かモリを持ってくればよかったなあ」

Kがくやしがった。

Kは近所でも評判の小遣い作りの名人で、近所の子供たちが集まると、何かお金になることを考えついた。

ヒモの先に大きな磁石をつけて、子供たちは路地や空地を歩いた。小一時間も歩いていると磁石に釘やハリガネ、鉄クズが付いてくる。それを集めてKは鉄クズ回収屋に持って行く。ほんの少しのお金にしかならないのだが、子供たちはKから駄菓子屋の一番安い飴玉や煮スルメをもらう。

「この赤銅《アカ》(そう呼んでいた)が高いんだぞ」

と私たちは、Kから鉄クズの講義を受けたりしていた。


その海の魚は、私たち子供の手ではとてもじゃないが捕ることはできなかった。しかし、一番最初に飛込んだKが興奮して水から顔を出した。

「すごいぞ、これは」

その顔は、うまい儲《もう》け話の時にKがする顔だった。

「なんだよ、どうしたんだよ」

と私たちが聞くと、

「潜ってみろ」

とKは笑って言った。

私たちは一斉に海に潜った。素早く泳ぐ魚以外は何もいない。みな首をかしげていると、

「おまえたちは、だからだめなんだ」

と一人で海に潜って、片手に真っ黒い石のようなものを摑んで上がってきた。

「何？　それ」

「ナマコだよ」

私は、ナマコを食べたことはあったが、海の中で見るのは初めてだった。目をこらしてみると、足元はナマコだらけである。

「そう言えば魚屋で売ってるよな」

と誰かが言った。Kはにんまりとして私たちを見返した。スゴイ、これを捕って帰って魚屋に売りつければ、飴玉や煮スルメどころではない。私たちは、海の中に落ちている黄金を拾い集めるように、ナマコを集めた。持って行ったバケツに一杯。上着の首と袖《そで》をくって袋を作ってその中にも一杯。帽子の中にも入れた。集めている最中に駄菓子屋のいろんなものが頭に浮かんだ。それをかかえて、自転車に乗って山を越えた。私は後ろの座席でバケツと上着で作った袋を両手に持っていた。手がちぎれそうだった。やっと近所までたどり着いた。着いた時は腕が上がらなかった。全員、顔が異様に赤かった。

Kが先頭に立って、魚屋に行った。とうとう来たぞ、そんな感じだった。Kが魚屋のおやじに、

「おいさん、いいもの捕って来たんだ。これ買ってくんないか」

と大人びた声で言った。私たちもKの後ろで、そうだその感じだ、安く見られては困

る、とうなずいたりしていた。

「なんだ、何を捕ってきたんだ？」

とオヤジはバケツの中をのぞいた。そうして中身を確認すると、急に目を細めてKを見て、

「夏のナマコは食えないんだよ」

と言った。


今の子供たちが、どうして小遣いを得ているのか知らない。たぶん親からもらっているのだろう。それが悪いとは言わない。しかし、あの頃、鉄クズを集めたり、ナマコを歯を食いしばって持っていた悪ガキは、仮に駄菓子屋の飴玉が目的だったとしても、子供だって何かをしなければ何も得られないことを、子供ながらわかっていたような気がする。


中学校を出ると働く子供が多かった。Kもそうだった。

ある日、入り江の道を私はKと歩いていた。

「おまえは上の学校へ行けるのか……」

Kは私に聞いた。

私は「うん」と答えられなかった。そんな時代だった。

ひまわりの夏

仕事場の花籠が少し大きめになった。空の花籠がぽつんと窓際に置いてある。黒いうるしの色が、ひさしぶりに降った雨の光りに濡れたように光っている。

九月の中旬なのに、数日三十度を超える暑さが続いた。今朝方、仕事を終えて眠った時はまだ蒸し暑かった。

仮眠を数時間とって起きると、外は雨だ。窓を開けると東山の連峰が青白い霧に浮かんでいた。

今日はたしか掃除のおばさんが来る日なので、ゴミ箱のようになってしまった仕事場が片づく。三時間ほど仕事をして、また一時間寝室で休んだ。

仕事場に戻ると、花籠に花が活けてあった。枝についた栗の実と鹿の子ゆり、それに吾亦《われも》紅《こう》が数本。栗の実はいがついていて、まだ宇治色で美しい。秋が来た、そう思って窓に映る東山を見ると、やはり山の色も少し化粧を始めている気もする。ひと雨降るたびに緑は茶に色褪《いろあ》せて行くのだろう。

今年の夏の後半は旅ばかりで、ほとんど京都には居なかった。西へ向かう旅が多かった。故郷の山口県防府には一カ月のうちに三度も帰省した。

一度目は、田舎の同級生が、このエッセイの一年分をまとめて本にしたことを祝ってくれるというので出かけた。

「まあ軽い気分で戻って来いよ」

そう電話で言われて帰ってみると、とんでもなかった。市長、県会議員、同窓会長、野球部のOB会長……いつもこちらから挨拶をする先輩がずらりと見えていた。会場には二百人近くの人がいて、自分にこれだけ知り合いがいたのだろうか、何かの間違いだろうと思った。先輩の祝辞の時もずっと下を向いていた。

「おい、ちゃんと前を見てろ」

野球部のOBにそう耳打ちされて、私は顔を上げた。見ると目の前に父と母もいる。父は大勢の人の前でも平気で胸を張っている性格だからいいが、晴れがましい席が苦手な母は、じっとうつむいて祝辞を聞いていた。

会場を回って挨拶に行くと、中学時代の同級生や小学校の悪ガキどもも駆けつけてくれていた。ずっと緊張しっぱなしでパーティーは終った。

二度目は、月に一回小説誌で取材旅行に出かける先が防府であった。同行のN君と夜の酒場を梯子《はしご》した。

三度目は妻の命日で墓参りに帰った。徹夜仕事が続いていたので、列車の中でも居眠りばかりしていた。

「なんだ、いたの？」

と大声がした。目を開けると義母が笑って立っていた。早朝に東京を出発した義母たちが乗り込んだ新幹線に、偶然私は乗り合わせた。

しかも私は京都駅から飛び乗った新幹線が新大阪止まりで、新大阪の駅のプラットホームのベンチでまたうとうとしてしまい、二、三便やりすごしていた。アナウンスに目覚めて目の前の列車に飛び乗った。それが同じ列車だった。

「元気なの、少し太った？」

義母は元気そうだった。

「皆いるのよ」

と嬉しそうな顔で後ろの車輌に走り出した。そして義母の親友のIさんと戻って来た。

「なんだ、イーさん（私のこと）いるんじゃない」

Iさんも喜んでくれている。Iさんは妻が入院している時に、彼女の好物を毎日こしらえて持ってきて下さった方だ。

「防府のお母さんが、今年はイーさんが戻らないと言ってたので、残念で仕方なかったの」

そう言われて私は驚いた。一年の仕事の予定も、九月十一日の命日だけは外している。そんな連絡が入っていたのなら、義母もせつなかっただろう。

「どうもご無沙汰しています」

いきなり背後で低い声がした。日に焼けた長身の青年が立っていた。義弟である。去年の暮れに銀座で会って以来だ。また大きくなっている。

義弟はこの春先、全日本学生のゴルフの大会で優勝をしていた。つい先々週のマルマンオープンでもベストアマチュアになっていた。その祝いを言うと、義弟は恥ずかしそうな顔をして笑った。その笑顔が少年の頃の彼の顔と重なった。自分の背丈ほどもあるゴルフバッグをかかえてフェアウェイを駆け回っていた少年は、今日本で一番強い大学のゴルフ部の主将をしている。

「どう、クラブの方はうまく行ってる？」

「ええ、リーグ戦も優勝できました」

その話し振りがすっかり一人前になっていた。彼は卒業したらプロゴルファーを目指すと聞いていた。

「卒業してから大変だね」

「ええ、でも頑張りますよ」

「何か飲む？」

「いいえ。義兄さん、喉が渇いてますか、僕買って来ますよ」

サァッと立ち上がって彼は列車の売店の方へ消えた。話し振りといい、その行動といい、義弟が大学の体育会で学んだものは素晴らしいものだと思った。


墓は帰るたびに来ていたが、その日は墓所のかたわらに咲く向日葵《ひまわり》がとりわけ元気そうに見えた。母がこの時期に合わせて種をまいた花である。義母も東京からずっと向日葵の花束をかかえて来ていた。生前、妻が好きだった花だ。

墓前には、小さな人形から缶ビール、缶ジュース、マニキュア、お菓子と、可愛いプレゼントが並んでいた。命日が近くなると名も知らない方が墓参りに来て下さる。

義母たちは実家で、父と母とひさしぶりに談笑をしている。実家の仏前にも送られてきたたくさんの花が並んでいる。東京から妻の所属していた事務所の社長、最後のＣＦを作って下さったＳさんと広告代理店のＩ氏が見えている。

年に一度しか会わない人たちだから、顔を見ると四年前の、それ以前の皆が楽しく笑っていた日々に帰りそうになる。

時間は確実に流れて、私の中にある妻の哀しそうにみえた面影は遠ざかり、別の姿が近寄ってくる。それは物静かでおだやかな表情をしている。

夕暮れ、京都へ帰る前に私は義兄に車を運転してもらってもう一度墓へ行った。

妻と弟の二人が入った墓のむこうから、カーン、カーンと母校の後輩の野球部員たちが打つ打球音が聞えた。

義母の飾った向日葵は水を得て、少し背伸びをしたように見えた。ピンクの小さなマニキュアの壜《びん》が、秋の夕陽に鮮かに光っている。

鎌倉の自宅の窓辺で、マニキュアを塗りながら、白い頬をふくらませて爪を吹いていた大きな目が浮かんだ。

なんでもない静かな時間だけが、ささやかなことからふとよみがえる。

故郷の海の風はまだ夏の匂いがした。

スローボール

京都に初雪が降った。

夜半から時雨《しぐれ》ていた天気が、夜明け前に仕事の手を止めて外を見たら、こまやかな雪に変わっていた。

――どうりで冷えると思った……。

去年からの旅館暮らしを入れると、足かけ三年京都にいることになる。

一年目は、京の底冷えといわれる冬の寒さが身にこたえた。二年目もやはり、盆地の冬は凍えるようだと思った。今年は、それが少し違う。身体がなじんできたのだろうか……。たしかに寒いことは寒いのだが、なあーにまだまだと受けて立つような感じだ。

そんなふうに構えていたら、春はすぐにやって来るような気もする。

京都で時雨というと、〝北山しぐれ〟のことをいうらしい。

四条大橋の上から、北の山々を見ると峰々にかかった雲が黒く笠をかぶっていて、その雲が北風に吹かれて京の北部に雨を降らせている様子がよくわかる。しぐれているあたりは、薄墨《うすずみ》を引いたように町並みがグレーに染まっている。

振り向いて南の方を見れば、九条の方は小春のような冬の陽が差している。

「北山しぐれどすなあ」

京女はそう言って、出かける前に傘の準備をする。


ベランダに出て雪を見ていた。どのあたりから雪が降っているのか、と空を見上げると、無数の花びらのような細雪《ささめゆき》が舞い降りてくる。子供の頃、こんなふうに雨の空を見上げたことがあった。

私の故郷・山口ではめったに雪が降ることがなかった。それでも何年に一度か積もるほどの雪が降ることがあった。たいていは夜半に降って、朝目覚めると、庭も垣根も見事に白くなっていた。

「おい、雪だぞ」

眠い目をこする弟を起こして、私たちは表に出た。降雪はやんで、陽差しが差している周囲を見渡すと、そこらじゅうが遊び場のように思えた。私と弟は、隣りの塀づたいに屋根に上がって、街が見たこともない色彩に変わっているのを眺めた。

「これがぜんぶアイスクリームならいいのにね」

弟は私の隣りに座って、そんなことを言っていた。私もうなずきながら、足元の雪を手ですくって、口の中に放り込んでいた。遠く港に続く倉庫街も白色になり、岬に繋がる山は銀鼠色に輝いていた。

雪の元旦の記憶はない。やはり南の街だったせいだろう。

今でも元旦になると、どの家も家族が顔を揃えて父親に挨拶をするのだろうか。

我が家でも元旦は皆顔を揃えて、父親に新しい年の挨拶をした。晴着を着た姉たちと、和服を着せられた私と弟、母とお手伝い、皆が声を揃えて、

「おめでとうございます」

と床の間を背に座っている父に挨拶をした。父が不在の時は、その席に長男の私が座った。母も姉たちも全員が、私にむかって丁寧に挨拶をした。姉の一人が笑っていると、母が叱ったりした。

私は父のまねをして、

「はい、おめでとう」

とまず最初におせち料理に箸《はし》をつけた。それを確認して、家族全員が料理を食べ始める。私は少しおもはゆいような気分で、そこに座って食事をした。

それは普段の食事でもそうだった。

父がいない時は私が父の席に座り、私の料理だけが一、二品多く用意されていた。

「いいか、俺が死んだら、この家はおまえが長《おさ》としてやって行くんだぞ」

父は酔っ払うと、子供の私にそう言った。私は父の真剣な眼に、うなずくことを繰り返していた。

家族の誰も、元旦の席のことも、おかずのことも、おかしいとは思わなかった。長男とはそういうものだと信じていた。

「おまえがこの家を身体を張って守るんだぞ！」

父は少しヤクザな言い方もした。

元旦の挨拶が終って食事が済むと、皆お年玉をもらって外へ遊びに行った。正月は野球ができないのがいやだった。近所の悪ガキたちも、凧《たこ》上げや、変わった男の子は女と羽根ツキをするのもいた。


あれは何歳の元旦だったろうか……弟がまだ小学校へ上がったばかりだったから、私は小学五年生くらいだろう。

私は弟と二人で、家の前の道でキャッチボールをしていた。弟と私は四歳違いだった。私は町内でもまあまあの野球小僧で、最上級生のチームに早くから入って野球をしていた。

その日は、野球の相手がいなかった。私は弟に、キャッチボールをしないかと誘った。

弟はあまり野球が上手くなかった。たぶん私がなかば強制的に弟を連れ出したのだろう。

初めのうち、弟が捕球しやすい球を投げていた。軟式ボールだった。弟はこわがりのところがあって、私の投げる柔かいボールでさえ、逃げ腰で捕球していた。私は、

「大丈夫だよ、グローブがあるから。顔に当りはしないよ」

弟は私の声にうなずきながら、それでもいやでしかたないような顔で、キャッチボールを続けていた。そのうち私は段々と、弟のその気弱な態度に腹が立ってきて、投げる球の速度を強くした。

弟は半ベソをかいて、その球を捕球していた。

「なんだ、女みたいな恰好で、そんなのなら、おまえを二度と野球に連れて行かないぞ」

弟は泣きながらボールを捕球しては、私の顔色を見て投げ返した。そんな弟を無視して、私は思い切ってボールを投げつけた。

やがて母が私たちを見つけ、キャッチボールは中止になった。弟は母のエプロンに抱きついて泣いていた。

「正月から情ない人だ。ひとつ歳とったというのに」

母の言葉も聞えぬ振りをして、私はどこかへ遊びに行った……。

私はそういう少年だった。

この正月、弟が生きていれば三十六歳である。なにかにつけて親思いだった弟だったから、生きていれば彼は帰省して、元気な孫を両親に会わせてやっていたろう。

ベランダから仕事場に戻って、私はまた仕事を始めた。父が私に守れと言った家は形を失くし、私は雪の多い街で暮らしている。

どうして自分はあの時、柔かいボールを彼に投げてやれなかったのだろうか……。なんてつまらないヤツだったのだろうか、自分は……。

破れたズボン

雪の神楽坂は、忘れていた時代の風景のように見えた。

細い路地、石畳の階段、雪が積もった道を深夜ひとりで歩いていたら、このまま降りてたどり着く場所に、少年の自分が電信柱の蔭で、しゃがんで遊んでいるような気がした。

階段をひとつ降りると二年前、みっつ降りると六年前、そんな勘定をしながら、旅館の玄関まで来た。

私は宿の前の路で、しばらく立ったまま誰かの声はしないかと耳をそばだててみた。何も聞えない。あんまりしんとしているので、かえって何か聞えるような気がする。

——こんな時間まで何をしていたんだよ、おまえは？

そんな声が聞えたら、

「いやちょっと、銀座から六本木に行って、それから渋谷へ行って……」

などと答えても仕様がない。その声は少年の私の声だから……。

——三十年余り何をしてたんだ？

そう声が続いたら、私は黙ってしまう。たぶん何もしていなかったのだろうから……。

「でも歳は四十になったよ」

と笑って誤魔化すしかない。


ひどい二日酔いで目覚めて、風呂に入ってシャワーを浴びていたら、めまいがした。どうしてこんなになるまで酒を飲むのだろうか。日々の暮らしが面白くないからか？いや、別に面白いものを期待などしてはいない。ただ酒を飲んでいる仲間と、酒に酔っている自分が好きなのだろう。

二日酔いのまま表へ出た。旅の雑誌の取材があって、写真を自分で数点撮影しなくてはいけない。

何を撮っていいかわからない。取りあえず飯田橋まで出て、駅前の売店で使い捨てのカメラを買った。電車の中で、説明書を読みながら、カメラをさわっていたら、間違ってシャッターを押してしまった。隣りの女性がクスッと笑った。私は腹が立って、カメラをコートのポケットにしまった。

車窓からお堀端の風景を見ていると、目の前の婦人が私の足元をじっと見ている。私も気になって足元を見ると、ズボンの裾が裂けてボロボロになっていた。

——なんてだらしない男なのだろう。家庭はないのだろうか。

そんな目だった。私もちょっと恥ずかしくなって足をそっと隠すようにした。

この冬物のズボンはもう四年近くはいている。ひと冬、このズボンだけで過ごしたこともある。歴戦の勇士のようなズボンで、私には愛着がある。それにしても糸がほつれて無残な姿だ。

どうしてこんな状態になったのか？

それはこのズボンをはき続けたからだ。（そんなことではない）

どうしてこんな状態になるまで、このズボンを放っておいたのか？

ミシンがないからだ。（これも違う）

どうして私がミシンを持って暮らさなくてはいけないのだ。

家庭がないからだ。（これは正しい）

家庭のない男は全員、破れたズボンをはいているか？

違う。昔の独身男はどうしたか……。

出入りの洗濯屋が悪い。

そうだ、あの京都の洗濯屋が悪い。だいたい高い洗濯賃を取っておきながら、常連客のズボンの裾も修繕しないというのがおかしい。しかし洗濯屋にしても、客のズボンを勝手に修繕して、なんでこんなことをした、と怒鳴られるのもかなわない。そうすると、やはり自分が悪いことになる。自業自得だ（自問をするといつもこの結論で終る）。

私の家は昔、洗濯屋をしていた。洗濯屋の仕事のひとつに、客の洗濯物の修繕があった。それはシミ抜きと同じように、最初洗濯物を受け取ると、シミやほつれをチェックして、

「このシミは何のシミですか？　ここはボタンが取れてますね」

とか言ってから、仕事を受けていた。

「あっ、本当だね。ボタン付けといて」

「この色のボタンあるかな？　似ているボタンならいいですか？」

「構わないよ」

すると洗濯をする前に、職人や女衆がボタンをつけたり、ほつれを縫ったりしてから、洗濯機へ入れたものだ。

或る夏、礼服を持って来た客があって、そのボタンが洗濯の途中で失くなったことがあった。高価なボタンだったらしくて、洗濯機の底から、分離機の中まで皆して探していたのを見ていた覚えがある。

ボタンが排水口のそばで見つかった時、若い職人さんは、宝物を発見したように大声で喜んでいた。

ネクタイの洗濯は大変で、ネクタイを洗う時の専用の紙型をこしらえていた。それは新聞紙や厚紙をネクタイの形に折りたたんで芯にし、その芯をネクタイの内側にさし込んで洗っていた。

シルクハットも大変で、小さな歯ブラシのようなハケで、毛を立てながら時間をかけて洗っていた。

着物は洗い張りにするから、こっちはもっと骨が折れる。糸を解いた着物地を板の上に乗せて洗い、水洗いが済むと、一尺（約三十センチ）ばかりの竹の両端に針がついたものを、一本一本布地の端にかけて、着物の百足《むかで》のようになったものを、天気の良い日に、フットボールのゴールポストのようなところへ、橋のようにかけて行く。

いろとりどりの着物地が、最上段から何本もかかっている姿は美しいものだった。

洗濯屋はこの洗い張りの作業を、いっぺんに引き受けて、まとまった量をこなしていた。たぶん、ころもがえの季節に着物は洗い張りに出されたのだろう。

しかしバラバラになった着物地を誰が元の着物に戻していたのかは記憶にない。誰か専門の人が来ていたのだろう。

洗濯屋はだんだん町の通りから消えて行く。昔は〝渡りの洗濯職人〟という人がいて、一時間に何枚カッターシャツ（ちょっと古い表現だが）を仕上げられるかで、日当が決まっていたりした。
〝渡りの職人〟は遊び人が多くて、子供の目から見ても、恰好いい男がいた。
今の時代、洗濯職人を見て、どこの娘が憧れるのか……。
そう考えると淋しい気もする。ズボンもしばらくこのままはいて歩こうか。

神様は風来坊

坂道をバスが上がって行く。

道沿いの桜の花が、通り過ぎたバスの風に花びらを落とす。舞い散る花の中を、ひとりの老人が坂を降りて来る。日曜日の朝の散歩だろうか。

老人の姿が、右へ折れる下り坂に消えると、ポーンと球を打つ音が聞えた。窓から首を出して、音の行方を探すと、すぐ右手に小さなグラウンドがあって、草野球をやっている。

――ずいぶんと早くからやってるな。

野球が好きな人が住んでいる街なのだ。ならばいい街だ。そのグラウンドのむこうに、海が、春がすみの中にかがやいている。

船が三艘《そう》浮かんでいる。白子《しらす》船だろうか……。船の彼方には伊豆半島が西へ伸びて、箱根の山がその手前から山系をつくっている。

私は宿の二階の窓から、海辺の街ののどかな朝を眺めている。N君はまだ眠っている

（昨夜、ずいぶんと酒を飲んだものな）。

小田原に来ている。競輪の旅である。すぐ近くの平塚競輪場で、春競輪の大きなレースがある。平塚市内は全国から集まる競輪ファンで満杯なので、少し離れた小田原に宿をとった。

宿泊客は私たちだけである。宿の主人は物静かな人で、昨日の朝も早くからひとりで庭の笹《ささ》の手入れをしていた。

「車は呼んどいたで、コーヒーでも飲んでから行ってください」

コーヒーを飲みながら海を見ていた。内緒で出かけて来たから、どこからも連絡がなくて、しあわせだ。N君が起きてきた。

「起こしちゃったかな」

「いえ、そろそろと目をつぶっていただけですから」

N君は昨日、競輪場へ来た。一日だけというのもなんだからと、泊まりをすすめたら、そうしてくれた。

彼とは去年一年間、二人で全国の競輪場へ取材旅行に出かけた。楽しい旅であった。取材の仕事が完了した時、なにか大事なものがなくなるような、淋しい気がした。こうして二人で競輪の旅へ出かけると、昔に帰った気がする。

「いい眺めですねえ。天気もいいし、これで本場（競輪場）の成績がいいと最高ですねえ」

N君は頭を叩きながら笑っている。

「二日酔いですか？」

「いいえ、大丈夫です。昨夜《ゆうべ》の店、いい店でしたねえ」

その店には、平塚の競輪場に勤める人に案内された。

「宿は食事が出ませんので、夕食はここで食べて帰って下さい」

こんな感じが、気がねをしなくて済む。

カウンターの中には江戸っ娘《こ》ふうの女将さんと、昔小田原の名投手だった主人のSさんが鳥や牛肉を焼いている。

客同士顔見知りが多いらしくて、皆声をかけ合っては食べて飲んでいる。

私はN君と酒を飲んでいた。少しいい気分になった頃、その人は紙袋を片手に店へ入ってきた。

「あら、Mちゃん。いらっしゃい」

女将が嬉しそうな顔をして言った。

――ようMちゃん、今日はどこへ行ってたのよ。

と、男客の一人が言う。

——Mちゃん、元気？

と女客が言う。

人気のある人だな……、と思った。

「Mちゃんの席、今は空いてないよ」

どうやらN君と私の腰掛けている席が、Mさんの専用の場所らしい。

「あっ、替ります」

とN君が立ち上がった。

「いいの、いいよね、Mちゃん」

「ああ、勿論だ」

その言い方が朴訥で、好感が持てた。主人のSさんが、その人を紹介してくれた。Mさんは、関西から競輪をしに来ているという私を見て、ちょこんとかぶった帽子のひさしに手を当てて、

「イン粘り（競輪の特殊用語）も大変だな……」

と笑って会釈をしてくれた。ふと見た白い指が、あたたかそうに思えた。やさしい春風の中を歩いて来たような感じのする人だった。

そのせいかMさんが風来坊《ふうらいぼう》に見えた。風来坊という言葉は、こんな人のためにあるような気がした。

Mさんが店に入って来ただけで、先刻と店内の雰囲気が変わっている（風が変わったように）。

何なのだろうか、この明るさは……。

旅館の門限の時刻になり、その店を引き揚げることにした。

「混んでるで車《タクシー》がすぐに来ないんだ」

「俺が送ってやるべ」

社長と呼ばれていた人が言ってくれた。そこへ店の息子さんが帰って来て、僕が送るよ、と車に乗せてくれた。

「野球をやってたんだってね」

私が息子さんに聞くと、

「はい、おやじも小田原じゃエースだったんですよ。僕の小さい頃の野球チームの監督だもの」

車は城跡の道を通っている。夜桜が満開である。

「いい街だね、小田原は」

「そうでしょう。僕、この街が一番好きですよ。海があって山があって、こんな住み良いところないですよ」

彼はうなずきながら言った。

自分の生まれた街を一番だと言い切れる若者がまぶしく見えた。

夜の風呂で、私とN君は競輪の話や小説の話をした。

「さっきの店のお客なんだけど……」

「Mさんって人ですか？」

「そうそう」

「僕も気になりました」

「いい感じの人だったねえ。あの人、あの店の神様なんじゃないかね」

「僕もそう思ってたところです」

「やっぱり」


六日間の競輪旅行が終って、私は関西の競輪記者の人たちと小田原の駅のプラットホームにいた。ベンチに腰をかけて、競輪記者の健さんと二人でお土産品にもらったワンカップの酒を飲んでいた。

「この次の競輪は梅雨《あめ》の高松宮杯か。それまで踏んばれるかな？」

私が愚痴をこぼすと、健さんは、

「生きてりゃ行けまんがな」

とニヤリと笑った。

月が駅舎の上にかがやいていた。

今頃、あの店では神様が赤い顔をしているのだろうか。

隣りで月を仰ぎ見る、健さんの顔をのぞいた。健さんの顔にMさんの顔が重なった。

この人も風来坊だ。

春の風が線路の上を流れていた。

一九九〇ー一九九一年

『時計をはずして』より

月と星の夢

夏がはじまろうとする一日だった。

陽差しは強く、風のない、春の終りに瀬戸内海沿いの街へやって来る、汗ばむような午後だった。その日は、父親参観日であった。

小学生の私は朝から緊張をしていた。

父親参観日なるものを姉に話すと、

「お父さんが学校に行く訳ないじゃないの」

とあっさりと言われた。姉の言葉に、それはそうだろうと思った。安心をした。それまで姉たちに同じことがあっても、父は学校へ顔を出す人ではなかった。

私は父が苦手だった。私だけではない、家族全員が父を怖がっていた。

ところが父は、

「行く」

と言った。姉たちは驚いた。一番私が動揺した。なのに母は父が参観日に行くことが当然のような顔をした。

「明日は父さんがみえますから、あなたもちゃんとしてて下さい」

「やっぱり長男だと違うんだわ」

姉たちはそんなことを話していた。

私は姉が三人続けて生まれた後に、やっと生まれた跡継ぎであった。

実際我が家の夕食は、父と私だけが母や姉たちとおかずが違っていたし、父がいない時は私が上座で食べた。姉たちもそれが当り前のことだと思っていた。

酒に酔って、上機嫌で深夜に帰宅した父が、眠っている六人の子供を全員起こして、話をする時があった。子供は子供で、父がぶらさげて帰った鮨屋《すしや》の土産品がお目当てで、ぞろぞろ起きて行ったのだが、父は一人一人に質問をした。

「勉強はしているか」

「他の子に役立つ委員の仕事をもらったか」

そんなことを聞く。そうして質問が私の順番になると、

「おまえはこの家の跡継ぎだ。わしが今死んだら、おまえがこの家と家族を守って行かなくてはいかんのだぞ」

そんな時の父の目は怖かった。実際、父は三十貫（百キロ）近くある大男で、近所の大人でさえ父に睨《にら》まれると、視線を外《そ》らすような威圧的なところがあった。

街に酔っ払いが大声で歩いていたりすると、表へ飛び出してバケツの水をかけてしまう人だった。父が家にいるだけで、家族中がピリピリしていた。

その日、授業参観がはじまってから、私は何度もうしろを振り返って見た。父は現われなかった。きっと何か用事でもできたのだろうと、私はほっとした。

その時、後方の引き戸が開いて、父が入って来た。私は父と目が合った。担任も私の父とわかったらしく、急に姿勢を正した私を見ていた。

私は緊張して、何が何やらわからずじまいで、その日が終った。

父は引き揚げて、私は友人たちと放課後の運動場へ出て遊びはじめた。

「おい西山、おまえのおとやんデッカイのう」

「ほんま、ほんま大きいの。それにな……」

と悪ガキが訳ありの顔をして笑った。

「何だよ？」

私が聞くと、一人が耳元で、

――イレズミしとるの。

と笑って言った。私は驚いた。どうしてそんなことがわかったのだろう。

「何でだ？」

「うちの父やんにもあるしの。この暑い日に長袖《ながそで》のシャツを着て来るおやじは皆そうだと言うとったもの」

皆が笑い出して、私も笑った。

父の左腕には、小さな刺青があった。沖仲仕をしていた時代に、父はそれを彫ったらしい。

だから父は公式の場へ出ることを嫌った。そんな時はどんなに蒸し暑い日でも長袖のシャツを着て出かけた。

その刺青は三日月と星がひとつ彫られたものだった。

役所の人や、商売相手が見えると、父は刺青のある腕を片方の手で握ったまま話をしていた。

「どうして父さんは刺青なんかしたの？」

私は母に聞いたことがあった。

「あの頃は、若い人たち皆がそうしてたのよ」

と母は答えたが、姉たちには父のもとに嫁いで来る時、あの刺青だけが気になったと話したと言う。

それを象徴する事件が一度あった。

我が家へ洗濯の職人の修業に来ていた若衆が、黙って刺青をして来たことがあった。

母はその背中を見て、鯨尺《くじらじゃく》で血が出るほど若衆を叩《たた》いた。そして焼《や》き鏝《ごて》で焼き消すように上の職人に命じた。

父は十三歳の時に、一人で韓国から日本へ移民をして来た。沖仲仕から、トラックの運転手になり、母と、洗濯屋と縫繕の店をやり、鉄クズ屋、ダンスホール、海運業……と事業をひろげて、四人の娘と二人の息子を育て、大勢の職人を住み込みで働かせていた。

娘たちには、バイオリン、クラシックバレエ、油絵を子供の時から習わせた。

弟が死んで、父と私がいさかいを起こし、私は家の跡を継ぐことを放棄し、父とはほとんど口をきかなくなった。

四年前、私はしばらく実家に帰省していた時期があった。

そんな或る夏の夕暮れ、父は庭先でたくさんの書類を焼いていた。

「何を燃やしてるんだ？」

と母に聞いたら、

「あなたたちが学校に上がるようになった時、母さんが鉄クズ屋は子供たちが朝鮮人と呼ばれるから辛いだろうと話したら、父さん、翌月から鉄クズの仕事をスパッと止めたの。その時、父さんは息子の代になって、もう一度この仕事を始める時に、出入りの人に集めた鉄クズは全部我が家へ持って来る証文を書いてもらったの。好きな仕事だったんでしょうね」

私は初めて聞かされる話に動揺した。夕暮れの庭先で、父は煙りに目をこすりながら焚火《たきび》の火加減を見ていた。

私はその父のうしろ姿を眺めていた。振りむくと、母の目がうるんでいた。肩先から、父の腕の刺青が見えた。腕相撲をしても、遠泳をさせても若衆の誰《だれ》もかなわなかった若い日の父は、今小さくなって煙りの中にまぎれていた。

思春期の頃に、父の腕の、月と星の刺青を軽蔑していた自分が恥ずかしい。

あの月と星の間で、母と六人の子供と大勢の若衆が、笑って夢を見ていられたことを、年老いた父は考えもしないだろう。

お月さんに似ている

二日酔いのまま、ベランダに腰をかけて、春風にあたっている。

頭も痛いが、昨夜、初めて逢った人の前で、歌を歌って踊りを踊ったらしい。午前三時くらいの、最後のまとめの酒場で（最終の酔いを確認する一杯）。

「信じられない。調子に乗って、あのまま放っといたら、裸踊りをしそうだったわ」

と女友だちが呆《あき》れた顔で言った。

自分でもどうしてそんなことになったたか、よくわからない。

女の人たちばかりがやっている小さな編集プロダクションの仕事を頼まれて、その打ち合わせがあった。たぶん持ち上げられて調子に乗ったのだろう。

五人の女性に囲まれて、興奮をしていた自分は覚えているのだが、途中から回路が切れたらしい。裸にならなくて、よかったと思う。

昔、句会に出ていた頃〝忘年会〟という兼題が出て、
忘年会　倒産寸前　社長裸踊り

という句を、友人のTがこさえた。

倒産の噂《うわさ》のある中小企業の社長が居並ぶ社員の前で、突然裸で踊りはじめたとしたら、それはやはり怖いものがある。

目の前の東山は、新緑に山が盛りあがったように見える。夏にむかう沢の木々のふくらみは、勢いのいい積乱雲の形状を思い起こさせる。

先日から工事をしていたむかいの建物に看板がついて、大勢の若者が群がっていた。

何だろう。

コンピューターの学校だった。授業の合い間か若者はガードレールに腰をかけたりして、話をしている。見ていて、それがいかにも勉強をしそうもない連中で、頭の中にはパチンコと競馬と、デートのことしかない感じで、とても好感が持てる。

私はこういうタイプの学生が好きだ。やっと大学なり専門学校へ入学して、さて何をしようかと思った時、何もすることがない。それでいいのだと思う。

入学をしたらすぐに一流銀行や一流商社に入るコネを探しはじめる学生は狂っているとしか思えない。せっかく受験という波間を泳ぎ切ったのだろうから、その結果がどうあれ（そんなことはどうでもいいことで）、とにかく何をしてもいい二年なり四年の時間を与えてもらえたのだから、好きにしたらいい。

何もしなくてもいいんだ。パチンコに負けて、安い屋台の酒を飲んで、下宿へむかう

途中で、ゲロを吐いて涙を流しながら、

――俺の人生こんなくり返しかな……。

なんて思うことも意味がある。

皆そうやって若い時間を過ごしたのだから。親に車を買ってもらってボディコンの女子大生とデートをしている同じ歳の若者を見て、

――俺ってみじめだな……。

そういうのもとてもいい。何も買ってくれない親を持った若者は、それだけでもう人生の勘どころの勉強をしている。

昨日、三条通りのパチンコ屋に入ったら、新大学生とおぼしき若者が、すぐそばでパチンコをしていた。

まだ盛り場の雰囲気に慣れてない感じがして、初々しかった。

「パチンコをさせるために大学へやったのではない」

親は高い学費と生活費を送りながら、息子の毎日の姿を見たらそう言うかも知れない。

ところがパチンコはそう捨てたものでもない。

パチンコの台は生きものみたいなところがあって、打つ方の感情が乱れていると、それがそのまま玉に出て、台は反応するものだ。

気持ちがすさんでいる時は、玉も荒れ玉が多くなるし、浮かれている時は、軽率な玉が増えるものだ。

ギャンブルを経験できるのも、たぶんこの暇な学生の時だけではなかろうか。

別に無理にギャンブルをしなさいとは、若い人に言うつもりはない。しかし私は、自分がギャンブルをしていて良かったと思っている。パチンコにしても、競馬にしても、麻雀にしても、ずっと続けていると、人間の一寸先が闇かも知れないと思える時がある。

たとえばサイコロを振り出して、一の目が十回続けて出たとしよう。

これは珍しいと思うだろうが、それから一の目が一万回続けて出ても不思議ではないのがギャンブルである。

——もうないだろう。そう思ってあるのが、人生のパターンであり、これ以上辛いことは続かないさと思っても不幸が続くのが人生だろう。

こう言うと、悲観的にしか考えていないように聞えるかも知れないが、ずっと一の目が出ない賽《さい》はない。

これもギャンブルである。

先日、京都で麻雀のプロの田村光昭さんと対談をした。

「近頃は自分がきゅうきゅうにならないような麻雀を打つようにしてます」

と田村さんは言った。麻雀が少し下火で、彼はいつもどうしたら麻雀が昔のように隆盛の時を迎えるかと考えている。

「学生が麻雀をしなくなったからね。だからつまんない新社会人が増えるんだ」

「麻雀旅行ができるといいですね」

そんな話をしながら夜がふけた。

対談を終えて、私は盛り場を歩いた。ビルの三階に、麻雀をしている男たちの姿が見えた。頑張ってるな。

——伊集院君、少しずるく打つことも覚えないと……。

昔、阿佐田哲也さんこと色川武大さんに麻雀のことで、一言だけ言われた。人生では何度かずるいということは悪いことではないと思えるようになった。人生では何度かずるいことをしなくては、その場をしのげないことがある。

ずるい手を打っても、生きのびて行く方がいいし、それが生きる術だと思う。最近はそう考えるようになった。

ギャンブルは永く続けることだ。勝ち負けのトータルではない。トータルとして見るなら、どこまでギャンブルを楽しんでこれたかの、時間の質と量であろう。

度胸のある人はギャンブルをしない方がいい。度胸なんて何の役にも立たない。生きのびようと思ったら、度胸なんていらない。恰好いいのは早く死ぬ。死んだら何にもならない。

四条の橋を渡るとき、春のおぼろ月夜が、川面に浮かんでいるのが見えた。見上げると、パチンコ玉のような丸い月である。麻雀の一筒《イーピン》にも似てるし、競輪の銀輪にも似ていた。

その月影に、ギャンブルが好きで死んでしまった人たちの顔が浮かんだ。だんだんつまらない世の中になる。それでも死んではいけないのだ。

時計をはずして

仕事を終えて、窓を開けると陽はもう高くなっていた。
宿泊した旅館の部屋には、時計もテレビもなかった。何時頃だろう。とにかく眠ろうと思った。徹夜仕事が一週間ばかり続いたので、その
まま蒲団の中に沈んだ。
目覚めて、窓を開けると曇り空で、夕暮れなのか夜明け時なのかわからない。夜明け
だとすると、十時間以上睡眠をとったことになる。
しかしそれだけ眠れる体力が自分に残っているのだろうか。そう考えるとやはり夕暮
れで、三時間程しか休んでいないのだろう。そうだろうか。
部屋を出て、階下の主人に時間を聞けばいいのだが、それも面倒だ。
テレビがあれば番組で時間もわかるだろうが、この宿にはない。素泊《すどま》り（食事が付か
ないで宿泊すること）で三千円だから仕方あるまい。
旅先では腕時計を持たなくてはいけないのだろう。

時計を持たずにずっと来た。

腕時計のことである。一度も腕に（手首だろうか）時計をしたことがないわけではない。

大学の野球部の時はしていた。

合宿所の門限があることと、食事や洗濯の当番の時に必要だったからである。

それ以外では結局腕時計をしないでここまで来た。するのが嫌いなのかと聞かれると、やはり異和感がある。手錠ではないが、肩がこるような気がする。

だから酒場で高価な時計を自慢気に見せている人がいるが、何がいいのかよくわからない。

女性で何百万円もする金ピカの時計をしている人もいる。ずいぶんと趣味の悪い女だと思ってしまう。

しっとりとした革のベルトをしている女性の方が品が良く見える。

高価だというはずの時計を持っていたことがあった。

その時計は、私が山口県の家を出て東京の大学へ行く前夜に、父からもらったものである。

父は私を居間に呼んで、抽き出しの奥からハンカチに包んだ一個の時計をテーブルの上に置いた。

「この時計は私が若い頃にしていた時計だ。時間は狂わないし、しっかりした物だから、持って行きなさい」

父はそう言って、私にその時計のねじの巻き方を教えた。

私はあとにもさきにも、父から何か物をもらったのはその時だけであった。私は少し感動した。

部屋に戻って、あらためて見てみると、重さといい、文字盤の古さといい、高価な時計に思えた。

上京して野球部の合宿所に入った時も、その時計は行李の奥にしまわれたままであった。普段はもっと安い母の買ってくれた時計をしていた。

野球部を退部して、私は下宿をしはじめた。最初の下宿を追い出されてからは、友人のアパートを転々とした。

或る時期、世田谷の赤堤《あかつつみ》というところに住んでいたことがあった。正確には、赤堤の友人のアパートに住まわせてもらっていた。

金がなかった。その頃、競馬をおぼえはじめて、夢中になっていた。

野平祐二騎手がモンキー乗りでターフを魔術師のように疾走し〝祐チャン〟とファンは声をかけ、大川慶次郎が十レース完全的中のパーフェクト予想し〝競馬の神様〟と呼ばれ、寺山修司があの津軽訛《なま》りで〝サラブレッドはもし文学にたとえるなら、散文でなく叙事詩と言うべきである〟なんてラジオで言っていた。

渋谷の場外馬券売り場の脇の古道具屋では〝シンザンの三冠馬達成の馬蹄〟なんて書いてある錆《さ》びた蹄鉄《ていてつ》が平気で売られていた。

今のＪＲＡのＣＦのような男と女が競馬場にいたら、男も女も大目玉をくらう、ちゃんとした時代だった。

私は府中競馬場まで百円券一枚を買うために、往復二百四十円の電車に乗ったこともあった。

学生は皆金がなかった。だから競馬・麻雀で稼ごうとする馬鹿な、愛すべき学生がたくさんいた。

或る時、とうとう私の金がつきた。友人からは借りるだけ借りて、スナックなんかはツケがたまりっぱなしで（なんか今とほとんど変わらないな）、どうしようもなくなった。

ダービーが近づいていた。

私は行李から、父の時計を出した。

それを手に経堂《きょうどう》の駅前の質屋の暖簾《のれん》を分けて入った。

小柄で丸い金ぶち眼鏡をかけた主人が出て来て、

「いらっしゃい」

と私の服装を足の先から頭のてっぺんまで、まじまじと見た。私はポケットからハンカチに包んだ時計を取り出し、カウンターにひろげた。

「この時計で金を貸して下さい」

主人は父の時計を指でつまむと、口を尖《とが》らせて見分《みわけ》をしていた。

「いくらご入りようで」

「一万円欲しいのですが」

「学生さんですか？」

「はい学生証もあります」

「そうですか、あんた、うちはこの時計ではそんなに貸せません」

「えっ、じゃあいくらなら貸してもらえるんですか」

「五百円ってとこですかね」

「えっ、五百円？」

「ええ」

そう答えながら、主人はその時計を手のひらの上で重さを計るような仕種をしていた。

「本当ですか？」

「どこでも同じでしょう」

私は黙って時計をポケットにしまい質屋を出た。

無性に腹が立った。午後の商店街を歩いていたら、畳屋のおやじは汗を出して畳に肘《ひじ》をあてていた。左官は黙々と壁を塗っていた。洗濯屋のガラス越しに、タオルを首に巻いた職人がアイロンをかけていた。

初夏の風が通りを流れていた。

のぞいた家の中の人間は皆働いていた。

——シテヤラレタ

と思った途端に、父の笑顔が浮かんだ。

私はその時計をずいぶんと永い間持っていた。そして時々その時計がひょっこりあらわれると、あの午後の薫風を思い出す。

私の腕には、錆びた幻の時計がいつもあるのかも知れない。

グラスにうつる女たち

三番町のホテルにいる。

ひさしぶりに、五時間以上睡眠をとることができて、目覚めがよい。

窓を開けると、六月の青空が新宿の高層ビルのかなたにひろがっている。

昨日、正午の飛行機で成田からフランスに出発する予定だったが、三日ばかり前からどうも心臓の調子が悪く、出発を延ばしてもらった。

毎年、この季節になると体調が悪くなる。精神的なものもあるのだろうか。ずいぶんやわな身体になったものだ。

出発が二日延びたことは、仕事先の人は知らない。おまけに土曜日だから相手先の出版社はほとんど休みである。

私がこのホテルにまだいることを知っている人はほとんどいない。そう考えると、ここにいる自分は幽霊のようで、朝刊を読みながら、福島競馬へ出かけたら大当りをするかも知れないと、よけいなことを朝から考えてしまう。

窓から見える建物はコンクリートのビルばかりである。

昨夜、九段の方を歩いていて、一、二軒よさそうな料亭の前を通った。表の通りには黒塗りの車が駐車していたから、

「このあたりに花街があったのですか」

と同伴の男性に聞いたら、

「私の若い頃にはありましたが、ご覧のとおりビルばかりになってしまって」

その人は淋しいような言い方をした。

東京の花街は今はほとんどなきにひとしいのだろう。

なぜだろうか。土地が高騰して料亭が維持できなくなったからか。それもあるだろうが、一番は男の遊ぶ金がなくなったことと、若い女の子が花柳界に就職しなくなったからだろう。

前者は、なにもかにも税金がかかって、目こぼしの浮いた銭を会社の社長や商店の主人がこしらえられなくなったせいである。後者は日本人が皆小金持ちになって、芸者に出て家計を助けようとか、妹や弟のために姉さんが働きに出ることが少なくなったからだろう。仮にそんな家庭環境だとしても、芸者に出て得る収入より、もっといい稼ぎの仕事が若い女の子にはたくさんある。

芸者の花代は、昔からそれでひとりの女性が暮らして行けるようにはなっていないら

しい。高い着物を買って、踊りの会の入り用《よう》や先輩の姉さんへの祝儀などを出していたら暮らして行けないようになっている。そこで旦那をもらって、月々まとまったお手当てをもらわないと、やって行けない。

おまけにお座敷に来る客は、老人ばかりである。面白いはずがない。

それならば今芸者、芸妓に出ている若い女の子はどうして、その仕事を続けているのだろうか。

私などにはわからぬしがらみがあるのかも知れない。しかしもうひとつは、その花街をしょって立とうと思う心意気があるのではなかろうか。「今の子にそんな心意気があるはずがない」。そう言われても、私はその心意気を信じたい。

京都では、舞妓さんになりたい、と修業に入って来る女の子がたまにいるらしい。大半は修業が耐えられなくなって、仕込みさんの時にやめて行く。無事頑張って店出し《みせだ》（お披露目）をむかえても、ほどなくやめる子もいる。

舞妓さんを二年なり、三年つとめても次に芸妓さんになる時に、やめてしまう。

結果、お座敷は年を取った芸妓が多くなる。若い男が遊びに行っても、面白くもなんともない。年寄りの昔話を聞かされて、金を払って帰ることになる。これは全国どこの花街でも同じだろう。

銀座とて、昔と違っているのだろう。それでも銀座がまだやって行けているのは、女の子にまああの給与を払っているからである。

銀座で頑張っている女の子の収入と、日本の主だった花街の芸者さんの収入では、ずいぶんと差があるだろう。「そういうことを言われては困る」。花柳界の経営者に叱られるだろうが、こんなことはすぐにわかる。

その銀座でさえ、女の子がいなくて困っている。スカウトと呼ばれる女の子を見つけて来る男たちは、今や地方まで〝宝の石〟を探しに行っている。

たまに若くて気立てのいい子がいて、銀座に入った経緯を聞くと、

「専門学校の女子寮の前で声をかけられたのよ」

と言った。なるほど、どこも大変である。


――男が女をはべらせて、酒を飲むのが悪いのよ。

文化人の女性から、そんな声が聞えそうだ。

しかし世の中に男と女がいて、依然男が社会の仕事を主にしている日本では、宴席、酒場に女性がついて回る形はなくならない気がする。何百年も続いたものが急になくなることはない。

私は東京にいる時は銀座へ行く。勿論、女性のいる酒場へ足がむく。

――酒は黙って、ひとりで飲むに限る。

そう言う男もいるが、何が面白いのだろうと思う。そんなのに限って、そこへ美人が入って来ると、急に態度を変える。

地方へ行った時は、少し無理をしても座敷へ行く。芸者も呼ぶ。その座敷の盛り上げ方で、その街が粋な街かどうかがわかる。

女のいる酒席で払う金は、所詮無駄な金である。

その金を貯めて、土地でも株でも買えばと言う人もあろうが、それではまだ充分に野球ができるのに、人気があるうちに、テレビに出てタレントになってしまうプロ野球選手と同じになる。

「最近、働いていてむなしくてな」

酒場で同年齢の友人がもらす。

「むなしいって、どんなふうに」

「なんか仕事場で、ふと思う時があるんだよ。俺はここで何をしてるんだろう、って。こんなこと皆やめちまおうか、って思う」

「やめてどうするの？」

「それはわからないんだ。そんなふうに思うことって、おまえはないのか」

友人は真剣な顔である。そんなことを考えないで、仕事をしている男はいないはずだ。

誰だって今の仕事が、このままでいいのかと不安になっている。

先日、小さな温泉に先輩と行った。

四十歳前後の芸者さんが来た。先輩がやさしい声で言った。

「芸者さんも大変だろうね」

「これしか生きて行けないから」

左づまに吐息がかかる。プロの答えはちゃんとしている。

古都の夏

深夜、酔っ払って家に戻ると、玄関の戸のそばに置いてある鉢植えの葉が風に揺れていた。

鉄線の鉢は花が枯れてしまっている。藤の方はうす紫のちいさな花が開きはじめた。

私が酒場で前後不覚になるまで飲んでいる間に、花は少しずつ咲いていたのだろう。酒の匂いをかけるのも悪いような気がする。花は水がいのちだろうが、日本酒なんかを吸い上げると、変な咲き方をするんだろうか。

昼過ぎにベランダに出ると、あまりの暑さに目がくらみそうになった。

花屋が持って来た花が、簾《すだれ》の日陰に置かれた花籠の中にある。

赤いのは下野草《しもつけそう》、白い花は鋸草《のこぎり》、黄色で可愛い花は茴香《ういきょう》である。

茴香は野山でよく見かける。蜂の巣をさかさにしたような花だ。

窓辺でじっとしていると、酒気をふくんだ汗が出てくる。

——なぜあんなに飲んでしまったのだろうか。嫌なことでもあったっけ……。それとも美女でもいたかしら。

憶えているのは、祇園・花見小路の通りが歪《ゆが》んで波打っていたのと、鼻唄を歌いながら、私の腕に和服姿の男がしなだれかかっていたことである。

どこの誰かはわからないが、私たちは〝野球小僧〟を歌っていた。

今でも時々、前夜はいていたズボンの中から、まるで記憶にない店のマッチが出てくることがある。カラオケバーなんて書いてあると、空怖しくなる時がある。


梅雨が上がって、積乱雲が肩を張るように琵琶湖の方からせり出している。

今日は東山の稜線がやけにはっきりとしている。

青い夏空と白い雲は、暑ければ暑いほど、あざやかに見える。

夕暮れ、二年坂から三年坂を歩いた。日傘をさした老女が石段を降りて来る。

土産品を売る店が、以前より増えたような気がする。それでもちょっとのぞいた路地には、朝顔のつるが巻いた鉢が見えたりする。

京都に観光客が押し寄せる。

旅館や土産物屋、交通会社は大歓迎だろうが、京都に住んでいる人が皆そんな仕事に携わっているわけではない。

京都の人は、観光客を横目で見て照りつける陽差しを避けながら、足早に歩いて行く。

急に観光名所になった街ではないから、京都の人は観光客を風景のように見ることができるようだ。

私の友人に、山口県の萩に住んでいる家族があって、その人の三代前のじいさんが明治維新の時の志士であった。

吉田松陰や高杉晋作のような有名人ではなかったが、テレビのドラマでそのじいさんが話題になった。そこで表札の脇にその生家と立て札を立てた。

皆で夕食を摂っている時、突然庭の窓がガラリと開いて、そこにガイドブックを持った数人の観光客が立っていたことがあるそうだ。

「いやだ、ご飯食べてる」

その中の女性が声を上げたという。

彼は翌日、市役所に行って立て札を取り除いてもらった。

急に観光客が押し寄せるようになると、こんなことが全国のあちこちで起こるらしい。

三年坂を上がって、松原通りに出て、一昨年まで世話になっていた旅館に顔を出した。

「まあ、ながいことどす」

八十歳を越えた老婆が元気な声で迎えてくれた。

この旅館には一年余り住んでいた。

八十歳を筆頭に六十歳、四十歳、二十一歳と四代の、しかも女性ばかりが暮らしている家で、客はずっと私ひとりであった。

昼間、旅館の二階の私の部屋から、

「うどんでも食べたいねぇ」

なんて暗い階段の下にむかって声をかけると、仲居さんが、

「へぇ、何しまひょう」

と返答をする。

「きつね」

「けつねどすな」

それで小三十分後に表の木戸が開く。

二階の窓からのぞくと、岡持ちから七つくらいどんぶりが出て来る。

相乗りで皆うどんにしていた。

金がなかったので、何もかもずっと未払いでいたら、うどん屋の払いだけでたいした金額になっていた。

それもそのはずで、ばあさんたちは皆昔は芸妓さんだったらしい。御馳は慣れている。

通いの仲居さんに、

「あなたはずっとここにいるの？」

と聞いたら、

「へぇ、地方《じかた》（三味線・笛・鼓の専門の芸妓さん）やめましてから、ずっとここにお世話になっています」

その仲居さんが昔の写真を見せてくれた。皆若くて美しい。

「人気者だったんだろうね」

「そなあらしません」

答えた顔が一瞬赤くなった。

夜中に一人で酔っ払って帰ると、階下で五、六人の女性がテレビを見ていたりした。

階段を上がりながら、

――私は女護島《にょごがしま》に住んでいるのだ。

と変な気持ちになったのを覚えている。一年余りそこにいたが、楽しい毎日だった。

困るのは、二日酔いの朝に湯豆腐をこしらえてくれるのはいいのだが、食べようとすると、すぐかたわらでもうビールを抜いて待っていることだった。

「むかえ酒できゅうとおいきやす」

つられて飲むと、また朝から酔っ払っていた。

旅館をでると、愛宕山の方から雨雲がひろがっていた。

「太郎が来ますえ」

老婆はそう言った。東大路を歩いているうちに、あたりに閃光が走って、まだ旱《ひでり》の残る空に雷が落ちた。すぐに夕立ちが来た。智恩院の門の下に駆け込んで雨宿りをした。小三十分で雨は通り過ぎた。祇園、切通しの〇へ寄って、茶を一杯御馳走になった。

「太郎って何？」

「丹波太郎言いますねん。丹波の方から来るにわか雨のことどすわ。山城の方から来るのは、山城次郎」

「面白い名前だね」

「面白いことおへん。頭に落ちたら死んでしまいますえ」

格子戸のむこうに、お茶屋へ急ぐ舞妓さんの姿と、おこぼの音が聞えた。

先斗町界隈

縞《しま》すすきの葉模様は何かに似ている。見るたびにそう思っていたのだが、その何かがずっとわからなかった。

さして気になることでもないが、見るたびに思い出せないので、どこか困った気がしていた。

今朝方、仕事を終えてベランダに出てみると、ホクシャの植木鉢の上に、かみきり虫が一匹とまっていた。じっと動かない。

死んでいるのかと思ったが、生きているようだ。しばらくその場にしゃがんで見ていた。背中の斑点の模様が美しい。

そうか、縞すすきの葉模様は、こいつに似ていたんだ。

そうとわかると、失《う》せ物を見つけたようで嬉《うれ》しい気分になった。

――神様の落とした滴《しずく》だね。

子供の頃、誰《だれ》か女の子がそう言った。今度はその少女が、妹だったのか、まるで違う女の子だったか思い出せなくなった。

たしか、てんとう虫を見ていて、ちいさな水玉模様を少女はそんなふうに私に説明してくれた。その時見たてんとう虫のあざやかな斑点の色まで覚えている。少女の言葉はずっと私の頭の隅に残っていて、大人になって女性の顔のどこかに印象的なホクロを見たりすると、

――神様の落とした滴だね。

と彼女の声が聞える時がある。

昨日起こったことはどんどん忘れてしまうのに、何十年も前のことがなにかの拍子に頭の隅からもたげてきて、あざやかな色彩までが一緒に浮かんでくる。

記憶というのは不思議なものだ。

楽しかったことをずっと忘れずにいられることは素敵なことだろうが、哀しいことや残酷なことを、ずっと忘れずにいることはせつないことでもある。

人生を○《マル》と×《バツ》で考えると、×の方が多いはずだから、永く生きることは、せつない記憶をたくさんかかえこんでいることにもなる。老人がふとした時に見せる淋しい表情はそんなことと関係があるのかもしれない。

夕暮れ、ぶらりと先斗町《ぽんと》へ食事に出かけた。どこに行こうかとそぞろ歩いて、Yとい

う名の、カウンターの小料理屋に入った。

もう店は満杯だった。一席だけ空いている。座ると、隣りも今しがた入った客だった。年老いた二人連れで、男の方はどこか商い屋の旦那風である。七十歳くらいか。女の方は、どうも芸妓さんのようだ。六十歳くらいだろうか。京都の女性、なかでも芸妓さんは五十歳を過ぎると年齢がわかりにくくなる。

この人はたぶん五十歳くらいかと思って話をしていると、七十歳近かったりすることがよくある。

二人の会話が耳に入って来る。聞こうとしているのではないが、耳が遠いのか話し声が少し大きい。

「一度顔を見しとくれやす」

「そうやな。その件はわかった」

男は手拭《てふ》きで腕のあたりをぬぐいながら答えた。

どうやら何か女の方が頼みごとがあった様子である。

「お料理、どないさしてもらいまひょ」

カウンターの中から板前が聞く。

「鳥釜と鮭釜、もう炊いといて。ひと口カツに、これは鴨ロース」

男の方がてきぱきと注文する。イカ納豆……、ちいさな声で女が言った。

「大丈夫か、身体の方は」

男が聞き返す。

「へえ、食べとおす」

「お飲みもんはどないしまひょ」

板前が言うと、

「熱いのを一本つけとくれやす」

それは女が注文する。

熱燗《あつかん》が来た。女はその徳利を片手で握って、

「もう少し熱うしとくれやす」

と徳利を返した。もう何十年も前から男の好みがわかっているような感じだ。男は黙って煙草を吸っている。

「あの植木屋はん、勝手なことしてからに……」

女は怒ったような口調で言った。彼女の家の庭で何か嫌なことでもあったのだろうか。

出入りの植木職人の話をしている。

「あれも悪い奴やないのんや」

男が箸《はし》の手を止めて言う。それでその話は終る。

イカ納豆が来た。女は器をのぞいて、

「もっとぎょうさんお海苔《のり》ほしい」

と大声で言った。わがままな婆さんだと私は思った。

「海苔、もうちょっと足したって」

男が笑って板前に言う。へぇ、と返事があって海苔が来ると、わがままで悪いな、と男は板前に言う。その間、女の方は口を一文字にして待っている。そうして、海苔を箸でまぜると、

「美味《おい》しゅうおすえ、どうどす」

と器を男の前に差し出した。

「先に食べや」

「そんなん言わんと、ひと口上がっとくれやす」

男がそれをひと口食べて、女に返した。

女は安心したように食べはじめた。

感心するのは、男が食べた後の器を、女が自分の方へ寄せて、いつも男の目の前には必要なものしか置いてないようにしている。（こういうのいいナ）

男の孫の話題になった。この夏、孫を連れてハワイに男は行ったらしい。孫の話をしている時の男はひどく嬉しそうだった。女は表情をかえない。

「お孫さん、風邪は治らはったんどすか」

ていた。

「いつの話をしてるんや、春先の話や」

女は思い出したようにうなずく。

釜飯が来た時にも女はもっと漬物がほしいと言った。その漬物もすべて男の前に出していた。

きっかり一時間で二人は店を出ていった。

私はしばらくカウンターで酒を飲んだ。若い頃に、あの二人はどんな時間を過ごしたのだろうかと思った。

旦那さんと芸妓さんの間かも知れない。ならいい時ばかりはなかったろう。それでも月に一度か二度、ああして二人で食事をして、別に何を語るわけではないけれど、二人だけの時間を持つ。

あの年齢の二人なら、戦争、敗戦、といろいろあったに違いない。そんな時間の流れの中で小舟のような関係がずっと続いてきて、あの夕餉《ゆうげ》のひとときがあるのなら、永く生きることは人生にとってやはり大切なことのような気がする。

「そろそろ、ごはんつけまひょか」

板前が私に言った。

「いや、もう一本もらおうか」

京都は妙な街である。

全員集合

「あなたはもう充分に酔ってるんですよ。だからそれ以上いくら飲んでも、それ以上は酔えないんですよ」

たしか数年前酒場でそうおっしゃったのは、作詞家で、作家の阿木燿子さんだった。美女にそう言われると、ついそんなものかと思ってしまう。

もしかして私はアル中なのかも知れない……。

そう思った時は、すでにちゃんとしたアルコール依存症なのだと医師から言われた。ここ三カ月、楽しみにしていた小説の連載が完結した。関西で活躍の中島らもさんの小説である。

『今夜すべてのバーで』。題名もいい。

中島さんの存在は知っていたが、氏の顔をまじまじと見ることができるようになったのは、京都に住むようになってからである。

関西の夜のブラウン管の中で、らも氏はときどきゲストで登場している。同じテーブルが皆タレントの人たちなので、らも氏だけが妙に浮き上がっていていつも奇妙な感じのする人だった。

この浮遊しているような表情とか、時々ぽつりと、口から洩《も》らす言葉が、どこから来ているのかわからなかった。

それがある時、らも氏の体調が悪かったせいか、ゲストの中で彼の顔だけが土気色をしているのに気付いた。

まあ本来がメイクなんかする人ではないのだろう。ひどい時は顔を洗ってないんじゃなかろうかと思える夜もある。しかし、その夜はとくにひどかった。

――ひょっとして、この人、えらい酒飲みなのではなかろうか……。

と思った。それが、小説を読んでみて、よくわかった。

そのすべての原因は、アルコールから来ていたんだろう……、そう思えるほど『今夜すべてのバーで』のアル中の主人公の描写にはリアル感があった。

結末も良かった。どう良かったかは、たぶん一冊の本になるから、読んでみると面白い。

らもさんという人は、たとえば若者の風俗を映し出したビデオが終った後で、アナウンサーが、

「中島らもさんはこの現象をどう思われますか?」

とたずねると、少し違うとこを見て、

「ええんじゃない」

とポツリと言う。

それがメイクをしたタレントの間で、口に出てくる言葉もメイクなしでとてもいい。

飲む、打つ、買う、という男の甲斐性の意の言葉が死語になったと言う人がいる。私はそうは思わない。

人間がこしらえ、今まで生き残ってきた言葉は、そんなに簡単に無くなるものではない。

〝買う〟は女のことであるが、これは男女差別だと文化人から責められそうだが、現実に女を買うことは社会に残っているし、セックスという何やら物事をすべて一緒くたにした横文字があらわれたので、買うがはっきり見えないようになっただけである。

〝打つ〟はギャンブルで、これも充分に元気である。

私はこれ以上面白いものはないと思っている。ちゃんとのめり込んで地位も家族も捨てて行く人もたくさん知っている。

しかしこのふたつは、どうも永続きさせるのがむずかしい。

〝買う〟は体力がなくなると、勢いがしぼんでしまうし、〝打つ〟は現金《タマ》が切れると、その人も消えて行く。

〝飲む〟は現金がなくなってもなんとか飲みつないで行けるし、圧倒的な体力がなくとも、それが逆に酔いを手短に身体に引き込める条件になったりする。

――あれは女狂いだから……。

――あいつは博打《ばくち》うちだから……。

この両者より、

――あの人は酒飲みだから……。

の方に社会は寛容である。(実際は、前の両者より酒飲みの方が悲惨なんだけど)

どうして昔の人は、この三者を甲斐性と呼んだのか。

たぶんこの三者は、どれもずっと続けて行くうちに、最後はその人がひとりになるからではないだろうか。見離されるのである。しかしそれは、ひとりになるだけのことで、たいしたことではない。

女性は他人の酒を称して、

――あの人の酒はいいお酒だ。

――あれはひどい酒になる。

とか勝手なことを言う。酔っ払いにいいも悪いもあるはずがない。酔っ払いは全員酔っ払っているのである。

「もうそのくらいにしとけ」

「そう言うのなら、なぜ宵の口に俺の盃に手前、酒をつぎやがった」

そうだ、そうだと思う。

「ちょっとあんた暴力はいけません。ほら店がこわれるでしょう。暴力はいけませんって」

そんなもの、暴力がイケナイことくらいは酔っ払う前ならわかっている。酔っ払ったからわからなくなったのではないか。

「おい婆さん、ちょっとこの勘定高いんじゃないか」

「何言ってんのお客さん、うちは明朗会計よ」

酔っ払いに明朗も会計もあるものか。あるのは酩酊《めいてい》と敬礼しかないのだ。

街から少しずつ酒乱が消えていく。

もうすぐ忘年会のシーズンである。

交差点の真ん中で月に吠《ほ》える社長さんや、電信柱に外掛けをかける部長さんは少なくなった。

昔に比べて、今は皆しあわせなんだろうか。飲まずにいられない、酔わずにいられるか、という人生が消えたとはとても信じられない。

新婚ほどなく酔っ払って帰宅して、新妻を組み伏そうとした男が、性的暴力を受けたと、すぐに離婚されたそうだ。

酔っていないで組み伏す男の方が、私には異常に思えるし、性に暴力の要素がなかったら、その行為は保健体育のさし絵のようになるのではなかろうか……。

「酒に溺《おぼ》れて、あなたは逃げているのよ。自分の弱さを忘れようとしているのよ」

こう言う馬鹿な女がいる。

しかし逃げることを知らないで、人間が生きて行けるのだろうか。忘れる術を身につけないで、ずっと人間をやって行けるんだろうか。

〝今夜すべてのバーで〟行なわれていることだけが、人間らしいとまでは言わないが、二日酔いの身体に鞭《むち》打って、一杯目の酒が腹にしみ込んで、やがて世の中すべてがバラ色に見えて来る瞬間を味わえないでいる人は、少し可哀相だと私は思っている。

全員、酒場に集合！

メリークリスマス

気持ちがいいほど、金がなくなった。

これはもう年を越すとか越さないという話ではない。

生命の存続にかかわります。

なぜ金がないか？

金を使うからである。

なぜ金を使うか？

酒場、ギャンブル、女性にもよく使う。

これをやめればいい。この三つをやめて、何のために自分は生きるのか。

明日、私はヨーロッパに仕事で出かける。大阪―ソウル―パリである。Ｋエアーラインで行く。日本の航空会社でもいいのだが、そっちの方が安いと聞いたので友人に手配を頼んだ。

なぜそうしたか。

先月事務所でヨーロッパの切符代をもらった。それを持って九州・小倉の競輪場に行ったのがイケナカッタ。

そんなことを今さら悔やんでも仕方がない。(反省したり悔やんだりするのは愚か者のすることだ)

切符は手配してもらったが、明日、大阪空港で現金と引換えに渡すという。その現金がない。むこうでの飯代など勿論ありはしない。

今は午後の二時三十分だ。

銀行がしまる。とは言っても銀行がしまっても、私の通帳には金は三千円くらいしか入っていない。

なぜ銀行がしまることが気になるか。

友人から金を借りるにしても、銀行がしまってからでは遅い。金を借りる時はなるたけ相手に逢う方がいい。その方がたくさん貸してくれる。

しかし私は外へ出られない。

なぜ外へ出られないか。

今、私がこの原稿を書いているホテルの部屋のエレベーターの前のソファーに女性編集者が座っている。

その人は、午前中にホテルに来て、

「何が何でも今日原稿をいただきます。いただくまでは帰りません」

と私を睨みつけた。

「帰って下さい。責任を持って書きますから」

「いいえ、その言葉は何度も聞きましたから」

電話で話したことはあったが、初めて逢う人で、身体の大きい強そうな人である。私は逆上しそうになったが、黙って部屋に戻った。そしてせめてもの抵抗として、別の原稿を書いている。

なぜか？

女性が取りに来ている原稿の原稿料は、もう前借りして使っているからだ。

部屋に戻って、大学の後輩のMに電話を入れた。

「M編集長はいますか」

Mは去年出版社をはじめて、ベストセラーの本を当てた。いい後輩で、Mがいなかったら私は去年、年が越せなかった。

「編集長ですか？」

「はいMです。先輩、編集長はやめて下さいよ」

「そんなことはありませんよ、Mさん」

「Mさんなんて、どうしたんですか。あっ！　金はありませんよ、一銭も」

Mも人間が変わった。

続いて、この欄のさし絵の長友啓典氏に電話を入れた。

「いやあ、トモさんまいっちゃった。明日ヨーロッパに行くんだけど、チケット代がなくて」

「………」

トモさんは黙っている。氏は昔貧乏で、黒田征太郎さんとほとんどの酒場の飲み代を払わなかったと言う。二人の顔を見るとどこの酒場もママがドアに鍵をかけたくらいの貧乏だった（二人はその時ドアの下から鼠花火を投げ込んで、中が大騒ぎをしている隙に入ったと言う）。ならば私の心情も理解していただけて、あわよくば金も貸してくれるかも知れないと思った。

「トモさん、それでさあ」

「あんた、金の工面がついたら、こっちにも少し回してや」

そこで電話が切れた。

私は自分の事務所に電話を入れた。事務所の女性の声は暗い。こっちの用件がわかっているからだろう。

「本当に金はないのか」

「ありません」

別に喧嘩を売ってるんじゃないんだから……、作戦変更。

「君のボーナスは大丈夫なのか」

「はい、それは確保してあります」

えっ。

「すまんがそれを借りられないだろうか」

「嫌です」

彼女も人間が変わった。

私は今月七百枚近い枚数の原稿を書いた。七百枚ですぞ。五年前まで一年経って、五十枚の短編が書けなかった男がですぞ（何を威張ってるんだ）。なのに金がない。これはどういうことなのだろうか。いくら考えてもわからない。金のことを考えると頭痛がしてくる。頭痛薬を飲むと、眠くなる。もう五日間、三、四時間の睡眠で原稿を書いている。

少し残酷じゃないか。

神の存在は、私はわからないが、天上から私を見ていたらちょっと用立ててくれないものなのか。

まさか貧乏神が私の背後からコブラツイストでもかけてるんじゃないだろうな。

どうなってんだ、これは。

先日、読者の方が宝くじが当ったというので（一万円）、五千円送って下さった。情ない作家とも思ったが、素晴しい読者の方だとも思った。

借りられるところは皆借りた。

先日、田舎の父が経営していたビルが鉄道高架の建設で立ち退きになった。父と母が今住んでいる家のローンは私が払っている。最初の約束では、そのビルが立ち退いて金が入ったら、ローンはもういいと言うことだった。

「新しいビルを建てる」

父は言った。もう七十四歳である。

父が一代で築いたものだから、私が口をはさむことではない。

「銀行からの借入れをおまえがしてくれ」

「いくらですか」

「一億くらいだろう」

くらいって、あなた。父は姉たちが嫁に行く時、一人一人に家をつけて行かせた。肩身の狭い思いをしないよう、と父は言っていた。なのに私には一銭もくれないどころか、こうである。そのうえ、妹の海外での生活費も、父の命令で私が送っている。

別れた妻から、事務所に電話があった。たぶん二人の娘の養育費が遅れている件だろう。

なのに、私は金策のことを考えながら、朦朧《もうろう》として原稿を書いている。部屋の外には編集者がいる。

なにが、メリークリスマスだ。

春が来た

桜を見ようというので、六本木のバーがはねた後で、千鳥ヶ淵へ行った。

タクシーを降りて、散歩道を歩き、ボート小屋へ降りる道を下った。

空はもう白々として、夜が明けようとしている。

桜はまだ蕾《つぼみ》の方が多いが、ところどころ早咲きの花が風に揺れている。

十日余り東京にいて、ずっとホテルの部屋で仕事を続けた。

わずかな睡眠で、次々にやって来る編集者の息づかいを背中で聞きながら、原稿を書いた。

その間も、電話が何度も鳴る。

「今のはどのくらいで終りますか」

「四時間というところでしょうか」

「えっ、四時間ですか」

「いや、三時間かも知れない」

「そうして下さい」

電話を切ると、目の前の編集者が言う。

「後のことは考えずに、この小説に全力をかたむけて下さい」

眠くなる。床に座って書いたり、立ってうろうろする。

椅子に座って腕組みをした編集者は、何も言わずに私を睨《にら》んでいる。

睡魔は定期的に襲ってくる。正午あたりが一番きつい。コーヒーを飲んだり、モカ入りの眠気醒《ざま》しのドリンクを飲むが、そんなものは効かない。

ようやくひとり片付くと、次の編集者があらわれる。

「身体は大丈夫ですか」

と皆部屋に入ってきて言うが、誰一人として、

――うちは今月いいですから、ゆっくり休んで下さい。

とは言わない。

「とにかくもうひと頑張りしてから、お休み下さい」

と言って、椅子に座る。

結局、彼等は自分のことしか考えていない。

桜の蕾を見ながら、私はようやく編集者と作家の根本的な関係に気付いた。お代官様と小作農の関係である。

文学賞をいただいた。

京都から徹夜のまま上京して、ホテルの部屋へ入った。

途中テレビ局から、

「もし受賞したら、インタビューをしたいのですが」

と連絡があった。どう答えていいか、わからない。M編集長に電話を入れると、

「結果はわかりませんが、もし良い結果になったらお願いして下さい」

「そうですか……」

相手は芸能のデスクですよ、と言いたいのだが、それが口に出せない。

受賞をするようなことがあれば、亡妻の写真と一緒に、〝涙の受賞〟とでもタイトルをつけるのだろうか。

選考の対象になった本は『乳房』というタイトルの短編集である。

この表題作が、亡妻と私の関係に似ているというので、出版の前から一部の芸能誌・紙が取りあげた。

本人が違うと言っているのに、ライターが勝手に書き立てた。腹が立ったので、小説のタイトルを変えて欲しいと出版社に言ったら、

「『乳房』でないと売れません」

と言われた。

——じゃ、本が出なくてもいいです。

言いかけて、つまらないことにこだわっている自分に気付いた。

と同時に、出版社もそう考えているのだと、よく理解ができた。

待っていると、この欄の担当者が原稿を取りにホテルの部屋へあらわれた。

「何時くらいにわかるんですか?」

「さあ、もうまもなくでしょう」

「よく平気でいられますね」

「もう落ち慣れてるから」

私は去年三つの文学賞にノミネートされて、見事に皆落ちた。三つ目あたりはどうでもいいという気持ちになった。

「ちょっと緊張しますね」

——君が緊張してどうするの。

「やっぱり帰ります、私」

たぶん落選した時に、私が逆上すると思っているのだろう。

部屋にひとりっきりになって、私は手を止めて窓の外を見た。

雨が降り出していた。妙な気分だと思った。喜んだりがっかりすることを、電話一本で待っていることは、残酷に思えた。皆こんな経験をして作家になったのだろうか。逆上した人はいないのだろうか。広告でも作詞でも賞はもらってきたが、こんな嫌な感情になることはなかった。文学賞だけが特別なのだろうか。

電話が鳴った。

「おめでとうございます」

その一声で、もやもやしていた感情はどこかに失せた。

電話を切って、大阪・福島の聖天通りの秀ちゃんに電話を入れた。

「新人賞をもらったんだ」

「競輪の新人王？」

「そうじゃないって」

車に乗って記者会見場へ行った。

「正直、とても喜んでます」

それまでインタビューというと、芸能記者と睨《にら》み合うことしかなかったから、楽に話ができた。

テレビの取材の人がまだ到着してなかった。すぐにホテルに戻って仕事をしないとだめになる原稿があった。

「遅いな、何をしてるんだろう、テレビは」

関係者の人が言った。電話が鳴った。受けたその人が憮然《ぶぜん》とした顔で戻った。

「失礼な奴だ」

「どうしました？」

「若人あきらが出て来たので、皆そっちへ行って誰もいなくなったそうです」

――若人あきら……。

なんのことか、よくわからなかった。ホテルの部屋に戻るといろんな人から電話が続いた。

「×川賞って、芥川賞とよね」

九州からの競輪選手。

「わてや、えがったなあんた。賞金なんぼや。よしゃ、半分今夜飲んだったるわ」

競輪記者の健チャン。

長友啓典氏と黒田征太郎さんが大喜び。

電話のむこうで泣いている銀座のママ。

道頓堀のバーで、福島・聖天通りの酒場で、山口の防府《ほうふ》の焼鳥屋で、祝杯が続いていた。

私はずっと外に出られずに予定の原稿を書き続けた。

十日過ぎれば、ただの酔っ払いにもどった私が桜の花を見上げている。

一九九二－一九九三年

『アフリカの燕』より

素直な背中

ひさしぶりに故郷へ戻ったというのに、またしても朝帰りである。

紫色に染まった夜明けの雲がフロントガラスに映り、海の方へゆっくりと流れていく。

タクシーがちいさな交差点で停車した。

運転手の肩越しに黒い樹影が見える。

——こんなところにあんな大きな木があったかな……。

その木は公園の中央で、象の形をしたすべり台やジャングル・ジムを両手で抱くようにそびえていた。

たしかこの辺りは私が子供の頃、対岸から雑木林や竹藪《たけやぶ》が見えた裏山一帯にあたる。とすると、いまタクシーが走り出した道は、昔入江が入り込んでいた真上になる。

——こんなに狭い入江だったのか。

あの頃、むこう岸まで石を投げてもなかなか届く子供はいなかった。

二十メートルも幅がない。ならば、私の記憶の中の入江は幻だったのだろうか。いましがた通り過ぎた公園の辺りは、昔、少年たちにとって不気味な場所だった。遊廓《ゆうかく》でひと悶着《もんちやく》起こした流れ者が、竹藪で死体で見つかったりしていた。首吊《つ》りの木と呼ばれた大木もあった。

「お客さん、俺をおぼえているかね?」

運転手が言った。

考えごとをしていたので、私は顔を上げて運転手の背中を見た。がっしりした背中だった。

バックミラー越しに顔を見た。見憶えのある目だ。少し睫毛《まつげ》の長い目。

「おぼえてるよ。Mちゃんだろう」

「ハハハッ、おぼえてたかね」

「ひさしぶりだね」

「本当だね。カミ(東京)の方でえらい出世をして……。今回はおめでとう」

彼は、私がもらった文学賞のことを言った。

「出世なんかしてないよ。すぐにお里が知れるって」

「乗ってくれた時にすぐにわかったんだよ。よく酒を飲むんだってね」

「おやじの血がね……」

「そういや、よく飲んでたものな、おたくの大将(父)は」

Mちゃんはなつかしそうに言った。

たまに田舎に帰ると仲間と深酒になる。ひさしぶりはお互いさまだが、順ぐりに皆の話を聞いていると明け方になる。

四十歳を過ぎたばかりの年齢は、仕事にしても家族のことにしても、順調に行ってる男はほとんどいない。たぶん一番せんない年齢じゃないかと思う。(それは五十歳を越えても同じことなのだろうが……)

——どうしようもなくなっちまったな。

そんな胸の内が待ち合わせたバーのカウンターに腰掛けている友人の背中から伝わる。それでも何とか踏ん張っているのがわかる。彼等は、私と違って子供を育てている。家を守っている。勤め人は会社をかかえている。

——こんなはずじゃなかったんだよな。

口にしなくとも、酒の飲み方でわかる。だからずっとそばにいる。黙ってうなずいている。ダチだものな。

近頃、酒の飲み方がおとなしくなったと言われる。

——そうじゃないんだ。

怒る相手が見えないんだ。若い時は自分に腹が立ってしようがなかった。いまでも自分のことは好きじゃないが、二十歳代は自分を殺してやりたいと何度も思った。それが近頃では、自分を放って置く術《すべ》のようなものを覚えた。

それが嫌でしようがないときもある。


「玄関の方につけるんだね」

Mちゃんが運転席から言った。

「ああ、そうしてよ」

私はもう一度Mちゃんの目を見た。

「あのさ……」

私はためらいがちに言った。

「何?」

Mちゃんとミラー越しに目が合った。

「昔、苛《いじ》めて悪かったね」

「……そんなことはないって」

「いや、ひどいことをした気がする」

Mちゃんの背中は笑っていた。

車が玄関の前で停《と》まった。

「桟橋へ行ってくれよ。少し酔いを醒《さ》まして帰るわ」

「大丈夫か」

「毎度のことだよ」

「気を付けなよ、身体《からだ》には」

桟橋で車を降りて、私は人影のない埠頭《ふとう》の堤に腰掛けた。

風が出ていた。波が岸壁を叩《たた》いている。沖合を見ると、空が白みはじめて左右からせり出した岬の稜線が、藍色《あいいろ》から青に移ろうとしている。

煙草の火を点《つ》けた。口の中が苦い。

振り返ると、育った港町が見える。

先刻出会ったMちゃんの背中と、私も彼もまだ十歳だった頃の、この界隈《かいわい》の喧噪《けんそう》が思い出された。

「なんだよ、余所者《よそもの》がでっかい顔をするんじゃないぞ」

橋の上で町へ引っ越してきたばかりのMちゃんを囲んで、悪ガキたちが彼をこづいていた。私もその輪の中にいた。

Mちゃんは泣きながら橋を渡って行った。ほどなくして、Mちゃんの兄貴が彼の手を引いて戻ってきた。

私たちは兄貴に殴りつけられた。

悪ガキのひとりが遊廓の検番にたむろしている私の家の若衆を呼びに行った。若衆が兄貴を吊《つる》し上げるようにして打ちのめした。

ざまをみろ、と私たちは兄弟を罵倒《ばとう》した。ところがそれで片付かなかった。Mちゃんのおやじがその夜庖丁《ほうちょう》を持って、その若衆のところへ行った。えらい騒ぎになった。子供の喧嘩《けんか》が、大人同士引くに引けないところまで大きくなった。

Mちゃんのおやじが背中を斬《き》られ、その事件をきっかけにMちゃんの一家はこの界隈に名前が知られるようになった。しかしその結果、Mちゃん兄弟はワルの役をやらされる破目になった。

Mちゃんの兄貴が、覚醒剤《かくせいざい》中毒になって首吊り自殺をしたことを聞いたのは、私が上京してからのことだった。

私はそのことがずっと胸の隅で気にかかっていた。別にあの日の橋の上での喧嘩が、Mちゃんの兄貴の人生を変えたとは思わないが、それでも余所者に大勢でむかって行った自分はひどく卑怯《ひきょう》な子供に思えた……。

――しかし、よく飲んだな。どうしようもないな……。

手を見ると、赤く膨《ふく》らんで子供のようだ。右手のひとさし指にペン胼胝《だこ》と麻雀胼胝が白く光っている。

麻雀胼胝の方が少し勢いがない。

それが淋《さび》しい気がする。

一年余り休んでいたこのエッセイの連載をまた始めることにした。

小説家は小説を書くのが仕事だ、などと偉そうなことを以前に書いたが、何かひとつでもまともな仕事をしたのかと考えると、首をひねる。

しばらく関西をうろついて、東京の灯に焦がれて舞い戻った。それからは芝公園のホテルと神楽坂の旅館と出版社の執筆牢獄《ろうごく》を転々としていた。

ついでの機会だから、この一年の終始を思い出してみたい。小一時間考えてみた。どうも以前と何も変わっていない。

宿代は出版社が持ってくれるんじゃないんですか、と言う人がいる。そんな作家はいませんよ。

「もうそろそろ足りなくなります」

事務所の女性が電話のむこうで言いはじめると、荷物をまとめて宿賃の安い旅館に移動する。さらに金欠になると、出版社の牢獄へ行く。その間、ギャンブルにめった打ちされると、酒場で寝た。

「もう少し落ち着いてもらえませんか」

事務所の女性が嘆く。

「ちいさな部屋でも借りて、そこでじっくり執筆されたら……」

——君ねぇ、住居を持つってことはだね、礼金に、敷金に、冷蔵庫を買って、蒲団《ふとん》を頼んで……、カーテンもいるんだぞ。風呂に入ろうと思ったら洗面器にバスタオルもいる。バスタオルを使ったら洗濯しなきゃいけないじゃないか、ほら洗濯機がいるだろうが、誰が洗濯物を洗うって言うんだ。そうそう乾燥機もいるじゃないか……。あんな無用の長物みたいなものに汗水流して働いた金を使うくらいなら、親のリーチに一発でドラ牌《パイ》を切り出した方が、まだ納得できるってものでしょう……。

私は、たちまちのうちに以上のようなことが頭に浮かんでしまうのだ。

男のくせにこまかい性格だな、と言われるだろう。ギャンブル好きの人ならわかってもらえると思うが、一円でも遊びに金を使いたいのが真情なのだ。

地方の競輪場で、現金《タマ》が淋しくなった時、私という人間は、ふと乾燥機のようなものが脳裏をかすめる、気質《たちめめ》の女々しいところがある。

——畜生、乾燥機の金があったら……。

みっともない話だが真剣にそう思ってしまう。しかし、こんなことを事務所の女性に話せない。

「それなら酒場を少し我慢して下さい」

と言われるに決まっている。

そうするくらいなら、いまのままでいいじゃないか。

かくして、事務所の女性はこの春先から百件以上の部屋を見て回ったけれど、私はいつまで経《た》っても部屋を決めなかった。

「結局、どこにも住むつもりがないんじゃないですか」

「そうかもしれないな……」

大学を出て入社したばかりのもうひとりの女性は、生まれて初めて見た破天荒な中年男に目を丸くしていた。

ばつが悪いことに、彼女が電話番をしている時に限って、

「金はあるか？」

としか聞かない私の電話が続いたそうだ。入社して一カ月、彼女は真顔で言ったらしい。

「この事務所、大丈夫なんでしょうか？」

かくのごとく私の一年は何も変化はおこらず、相変らずの二日酔いの日々であった。

ところが或《あ》る朝、二日酔いで目覚めたら……妻がいた。

「おはようございます。お目覚めですか」

妻は笑って、両手にかかえたトレイから冷たい水の入ったグラスをサイドテーブルに置いた。

足音が跳ねるように遠ざかった。

私はぼんやりとグラスの水を見ていた。水にブルーの光が揺れている。

――何だろう?

と見ると、コースターに刺繡《ししゅう》された花模様が水を透かして映っていた。


七年の私の暮らしのなかで、酔い醒《ざ》めの水に花の入り込む余地はなかった。

私たちは十年近く前から、顔見知りだった。酒場で出会い、オッスという仲だった。先妻が死んだときも、彼女の泣いている背中はおぼえている。放埒《ほうらつ》な暮らしにのめり込んでからも、時折東京へ戻ると不思議とよく出くわした。私は勿論《もちろん》だが、彼女の方も酔っているときが多かった。はしゃいだ後、酒場に二人で残ると、私は彼女を家まで送って行った。男と女というより、仕事にも恋愛にも頑張って踏ん張っている戦友に思えた。年に一、二度、居合わせると酒を飲んだ。酒を飲み過ぎる女は嫌いなのだが、彼女には仕方がなかったんだろうと思える正直さがあった。

「どうしようもなければ嫁にもらってやるさ」

「本当ですね」

「だから、頑張れって」

家に消えて行く彼女の背中が気になった。

今年の梅雨入りに再会して、梅雨明けに結婚していた。こんなこともあるものだと、私自身が驚いている。

私はグラスを手に取ると、喉《のど》を鳴らして飲み干した。

歌声が聞えた。

白い背中に花模様が重なった。


桟橋からぶらぶらと家まで歩いた。

昔、遊廓のあった場所を通ると思案橋は入江とともに消えていた。

ここにあった橋の上で私はMちゃんをなじった。

つまらない子供だった。

――そんなことはないって。

Mちゃんの背中が揺れていた。

Mちゃんに謝ることができてよかった。

私は彼の運転する車に偶然に乗り合わせたとは考えない。

どこかで機会があればそうしようと思っていた自分と、私の仕事を喜んでくれて声をかけた大人のMちゃんが、糸をたどるようにして出会った気がする。

人と人が出会うことは、それなりの意味があるのではなかろうかと、この頃考えることがある。別れは必ず来る。

出会った人の背中に手をまわすことも、去って行く人の背中を見ることも、大人にとっては大切なのだろう。

早起きは三ピンの得

日曜日の朝の銀座は風ばかりが音を立てていた。

秋の匂《にお》いがする冷たい風に、ふくれ上がったゴミのポリバケツや転がった空缶がかすかに動く気配がする。

日比谷のガード下でタクシーを降りて線路沿いを歩いた。

パチンコ屋の店先で白髪の目立つ店員が表を掃除している。帚《ほうき》を送った足先にどこから舞い降りてきたのか、木の葉が走っている。

整った髪に糊のきいたYシャツに細目の紺のネクタイ、よく磨かれた靴。朝の陽《ひ》に指輪が白く光った。

男は清々しい顔で掃除をしている。

——ひと昔前は遊び人だったんだろうナ。

まだ半分眠ったままの繁華街の朝に、私の好きなタイプの男がギャンブルの準備をはじめている。

寝ぼけ眼《まなこ》が少しずつ開いてくる。

——悪くないじゃないか、無理して早く目覚めるといいことがあるもんだ。

久しく、銀座の街を朝方見ることがなかったが、こうして足を運ぶと案外といい光景に出くわすものだ。

その男のむこうからスーツ姿の若者が私の方を見ている。

胸に何やらプレートを付けている。

——係の若者だろう……。

日曜日の朝から銀座に来たのは、或《あ》る雑誌主催の麻雀大会へ出場するためだった。

ずいぶんと長い間続いている麻雀大会で、プロの麻雀打ちには大きな催しらしい。

〝名人戦〟と呼んでいる。

プロと書いたが、私のような素人《しろうと》もゲストで混じる。それには理由があって、雑誌の記事になる時にタレントや作家が登場した方が華やいで見えるからだ。

プロの方は無手勝流の素人を相手に勝ちすすまなければならないのだから、さぞ迷惑な話だろう。

夏の終りに予選大会が都内のホテルであった。

全国から予選を勝ち抜いたプロの代表も混じって、一日麻雀を打ち続け、最後の四人が決定する。

どういうわけか、私はその四人に残った。ただツキがあっただけである。

その証拠に一回戦で、敗退しそうだった局面に、親で四暗刻《スーアンコー》を自摸《ツモ》あがりしていた。

これまでも何人かのプロと麻雀を打ったことはある。

彼等の強さは長丁場になれば、少しずつ顕著になる。ミスが少ないこともあるが勝負処《どころ》の見定めが優れている。

ただ麻雀は半荘《チャン》二回での勝負だと、ツキの有無が大きく戦績を左右する。

麻雀とは、そういうギャンブルである。

プロと書いたが、プロの麻雀打ちとはいったい何ぞやと人から聞かれることがしばしばある。

プロと言えばスポーツなら野球、ゴルフ、相撲、ボクシング、レスリング、ボウリング、近頃ではテニス、レーサー、そしてサッカーとなる。

麻雀はスポーツではない。（スポーツ麻雀・健康麻雀というのは一部あるが）比較的似ていると言うなら、将棋と囲碁だろう。

将棋と囲碁は棋士。麻雀は雀士、と言う。なるほど相似しているが、やはり前者と後者は並ばない。それは麻雀の魅力のひとつにギャンブル性があるからである。

その点では競馬、競輪、競艇、オートのプロたちと似ている。しかし麻雀は公営ギャンブルではないし、何千人という観客の前で技を競うことはない。

つまり麻雀のプロたちは社会的に極めて中途半端なポジションで生きている。だから私は彼等に共感を持ってしまう。

今時（昔からそうなんだが）プロ雀士を目指して勉強している若者なんかいるわけないと、思われるだろうが、これがそうでもない。ちゃんといる。

その日私を銀座の雀荘の下で待ってくれていた大会を手伝う若者もそうだったし、遠くからわざわざ見物に来た若者もそうなのだろう。

その若者たちは、週末にゲームセンターの前でぬいぐるみをクレーンで釣り上げてボディコンの女の子に、ウッソー、キャーステキ、なんて言われて洋モク吸ってるガキより、よほどいい目をしていた。

朝から麻雀を打って決勝戦へ進み、

「どうもありがとう」

と四人で挨拶した時には雀荘の壁の時計は夜の九時を回っていた。

詳しい戦況は、その雑誌に掲載されるのでここでは書かないが、終った後の充足感は久々に味わったものだった。

近頃、競輪もこんな感情になるまでのめり込めない。（今の競輪が私にはつまらなく

なったこともある)

ただ単純に一日麻雀ができたことで、私は嬉しかったのではない。四人の勝ち残った麻雀打ちが運の取り合いをするために、十数人のプロ雀士が棋譜を録り、食事や飲み物の世話をしてくれていた。

その人たちが皆私にはまぶしく見えた。政治も経済も、金儲けも出世も関係ない世界に惚《ほ》れて、人生の時間を或る時期賭けて行けるなんて、うらやましい。

私はその日麻雀を打ちながら、

——自分はこんな場所で本当は生きて行きたいんじゃないだろうか。

という思いが、何度も頭をよぎった。

缶ビールと弁当とビール券とちいさなトロフィーを紙袋に詰めてもらって、ひとりでエレベーターを降りて行った。

もう少しあのまま皆と一緒にいて、贔屓《ひいき》のIプロや惜しくも準優勝のN女史プロと酒を飲んでいたい気がした。

私はふと遠い昔のことが頭に浮かんだ。いつの間にか日が暮れてしまっていたので、嫌々家に戻った遠い日のビー玉少年の自分を思い出した。

ビー玉もメンコも釘《くぎ》立ても、たしかに社会へ出て何の役にも立ちはしなかった。けれど、あんなにワクワクして真剣だった時間が大人になってどれほどあったのだろうかと思う。

私は麻雀をしている時の人間の表情が好きだ。

自分と同じ種類の人間が、麻雀という大きな河でたどり着ける岸辺を探して懸命に泳いでいるように思えるからだ。

麻雀のプロたちの表情にはどこか哀愁が漂っている。それはたぶん彼等がギャンブルの河をさまよっているからだろう。

私は大人の顔には哀感が自然にそなわるものだと思っている。

ひさしぶりに早起きをして、いい顔の大人と若者に出逢えた。

傘がない

夜が明けてきた。

昨夜から雨もよいの空だったから、陽を感じるのがいつもより遅い。

カーテンを開けると、重そうな冬の雲がゆっくりと動いていた。

机の灯を消すと、片隅にじっとしていた花びらの赤が目に止まった。

両手をひろげた大きさの山茶花《さざんか》が、信楽《しがらき》の花入れに、うまい具合いにおさまっている。

昨日の午後に田舎から届いたダンボールの中からいつも通りビニール袋に水滴が付いて息苦しそうにしていた山茶花の花が出てきた。さほど花器のある家ではないのだが、いい塩梅《あんばい》に小ぶりの花と器の大きさとの色味が合って綺麗に咲いている。

田舎の庭に咲いていたらしい。

固そうな葉の緑が冬らしく凛《りん》としている。椿《つばき》と似た葉型である。

カーネーション椿という花を初めて見た。こちらは花びらだけが入っていた。一見造花に思えるほど、あざやかなピンクをしている。

ガラスの器に水を満たして、そこに浮かべてある。子供の前にそのまま置いておくと、あやうく口をつけて飲んでしまわれそうなやさしい桃色だ。

このふたつの花を机に並べた時、中から一匹のてんとう虫がこぼれ落ちた。指先でふれると、すーっと飛んで行った。

瀬戸内海の港町で育ったてんとう虫が都会までダンボールの寝台車に乗って長旅をしたことになる。

部屋を見回して少し探したが、黒い色の家具が多いので、どこに潜んでいるのかわからない。

——大丈夫かよ。

虫にとっては異国も同じだろうに、今さら帰ることもできまい。連れ合いを探すにしても、東京ではすぐに友だちも見つかるまい。花に誘われて、居眠りでもしているところを老婆に枝ごと切られて梱包《こんぽう》されたんだろう。

——可哀相に……、だから綺麗な花には気を付けなくちゃいけないのだ。あいつはきっと雄だナ。

空が少しずつ明るくなってくる。

東の方はわずかに青空も見える。

いい天気になるんじゃなかろうか。

じゃあ先刻までの曇り空は何だったんだろうか。

こっちの目がおかしいのか？

そう言えば、ここ数年で驚くほど視力が落ちた。

先日、新橋にあるG大病院で検査してもらったら、1・5あった視力が0・2まで落ちていた。

視力には自信があったんだが、ここまで悪くなっているとは思わなかった。
四、五年の間、原稿用紙を文字でうめることばかりしていたのだからやむをえまい。
眼鏡をかけた方がいいのだろうか。

ならこの際、歯医者がすすめるように入れ歯もこしらえて、煙草一本入りそうな前歯の隙間も矯正するか。

そこまでやるんなら、痔《じ》の手術と水虫とインキンも完治させて、少し出っ張ってきた腹もエステに行き、ついでに二重瞼《まぶた》のオペもやってもらおうか。

鼻も少し高くして、カラオケの高音が出るように声帯もいじくってもらおう。

総とっ替えだナ、コリャ。

何を興奮してるんだ？

嫌なことでもあったか?

あった。

大きな声じゃ言えないが、また金がなくなった。本が売れてるって話なのに、金がない。年が越せるかって、とこだ。

有馬記念、阿佐田杯、グランプリ……と行事が目白押しだというのに、使える金がない。

前借り前借りでやってきた自分がイケナイのだろうが、作家生活の中で今が一番売れてる時なのに、金がない。

そう言えば以前、井上陽水氏と色川武大氏と黒鉄ヒロシ氏の四人で麻雀をした帰り道、私と陽水氏が負けて、ほんの少しの金を黒鉄氏にお渡しするのに、陽水氏と二人で成城の駅前の銀行に行ったことがあった。

陽水氏のレコードがえらく売れていた年だったけど、彼がキャッシュカードでお金を出そうと機械にカードを入れて、わずかな金額を押したら、残高がなかったことがあったナ。

陽水氏があわててもうひとつのカードを入れたら、そっちもなかった。

「ねえ、わざとやってるの?」

私が聞いたら、彼は額に汗かいてた。
ソウカ……、世間で売れてるって言っても本人は金がないものなのか。
どうして、こんなこと思い出したんだろうか。
金がない。金がない……、ソウカ。〝傘がない〟って歌だ。
あの歌は本当は、傘じゃなくて、金がなかったんじゃなかろうか。（失礼）

陽水氏の新しいCDが先月届いた。
〝ガイドのいない夜〟
ジャケットのバックミラーに映ってる陽水氏の写真が恰好《かっこう》いい。こういう彼を見ていると、酒場で再会した時がなんとも話し辛《づら》くなる。
私の好きな歌〝夏まつり〟と〝とまどうペリカン〟が後半出てきた。
佐藤準さんのアレンジもいい。なんだか陽水氏の声にものびやかさがある。
――自転車のうしろには　妹が
ゆかた着てすましてる　かわいいよ
もらったおこづかい　なくすなよ
ああ今日は　おまつり　早く行こうよ　〝夏まつり〟――

田舎が近いせいもあるが、彼が何かに愛情（哀愁でもいいが）を傾けた時に湧《わ》いてくる歌が好きだ。

早く行こうよ、というフレーズが、黒鉄氏と陽水氏と三人で色川さんの家へ遊びに行った頃と重なってしまう。（イケナイナ、誇るべき友人の作品の中にまでギャンブルを持ち込んでは……）

数日前に、陽水氏に関するテレビ番組の取材があって、小三十分一生懸命に彼の長所を話した。

それがテレビの放映になったら、二十秒くらいで終った。呆気《あっけ》にとられた。これだからテレビは嫌なんだ。

おまけに帰りのタクシー乗り場で雨の中小一時間待たされて、乗った途端タメ息ついたら、運転手に、

「お客さんも今年不景気みたいだね」

と言われた。テヤンデェー。

そう言えば、私だけ傘がなかった。

沈黙の王

ロッジのテラスの脇を夜半動き回っていたマングースのせわしない足音が止むと、数百メートル下を流れるマラ河で鳴き続けるカバの声が響く。

やがてそれもベッドに入ったちいさな湯タンポを私の足先がさぐるようになる夜明け方、突然終る。

静寂。

音がない。

それが少なからず恐怖に繋《つな》がって、私はゴソゴソとベッドを抜け出す。

セーター一枚をパジャマの上に引っかけて素足のままリビングのドアを開ける。

ガラス張りのロッジの窓に冬の星座がプラネタリウムのようにへばりついている。

素足のままテラスに通じる扉を開ける。

ひんやりとした二月のアフリカの風が指を伸ばして肌着にしのび込んでくる。

西からの風である。

その証拠に東の稜線《りょうせん》の夜雲が後退するように凝縮《ぎょうしゅく》して行くのがわかる。

足を一歩〝キーコロック〟と呼ばれる平らな岩を敷き詰めたテラスに乗せると冷たい感触が足先から背中を抜けて後頭部に回る。ぼんやりとしていた視覚が急にはっきりとする。

二十五万年前に岩となった〝キーコロック〟の上に立って、二百度近い水平の視界と見渡せば三百六十度の星空に目を奪われる。

音は何も聞えない。

聞えないのだけど、何か誰かが自分にささやきかけている気がする。

マサイ族の戦士が吹いた口笛に似て、誰かに吹き矢を吹きかけられたようなささやかな突風に耳元が緊張する。

あざやかなプラネタリウムの底はただ闇《やみ》がひろがるだけなのだけど、何かが耳の奥で聞える。

獣たちは眠ってしまったのだろうか。

彼等はどんな夢を見るのだろうか。

私と同様に、九十九の卑しい夢と一つの楽しい夢を見るワニはいるのだろうか。

かすかに金属音がした。音の行方を追うと、動いているのは星ばかりである。

この土地はおそらく、私が立つ今と二十五万年前とでほぼ何も変化をしていないのではなかろうか。

星が動いているだけなのか？

そうではあるまい。

この場所に魅せられたあらゆる生命体が、マサイマラに集まって、遊び、眠り、夢を見続けているのだろう。

「ねえ、ここってＵＦＯが来るね」

昨夜眠る前に夜空を見上げてつぶやいた家人の声が思い出された。

――そりゃこれだけの世界だものナ、ＵＦＯも浦島太郎も来るだろう。

背後から風が流れはじめた。

昨日の明け方がそうだったように、太陽はまず風を夜明けの尖兵《せんぺい》としておくる。

天上の星にこころを奪われていると、視線を落とした東の丘の空がかすかに光りはじめている。

まだ全体としては闇を抜けた藍色《あいいろ》であるのだけど、稜線をかたちづくっている色彩には赤い仄《ほの》かな光の気配がする。

――夜が明けるぞ。

そう思った瞬間に虫の声に似た小鳥の鳴き声が途切れ途切れに聞え出す。

「ここに二年半住んで、やはり一番美しいのは夜明けの風景です」

ロッジの副支配人をしている育子嬢の声がした。

そのせいだけではないだろうが、ここ二日間時差で狂った身体が、私を夜半には目覚めさせてしまう。

遥か彼方のマサイマラを囲む丘陵がゆっくりとオレンジ色の帯を見せはじめた。

何かに似ている。それが思い出せない。

少しずつオレンジの帯が上昇して行く。

——オーロラだ。

いつかアラスカで見た、あのオーロラの揺れる姿と似ている。

見上げるとまだ天上には星がかがやいている。なのにあの果てしない丘の彼方から太陽は指先を伸ばして、このマサイマラの地に朝を恵もうとしている。

鳥の声が耳にたしかに届く大きさになっている。ひとつの種類ではない。鳥の大きさまで感じることができる。

羽音はしない。

まだ枝にとまったまま夜の恐怖を切り裂こうとしているようなささやき合う鳴き声である。

テラスのテーブルの時計を見る。

五時三十六分である。

天上の星が失《う》せて行く。

オレンジの色彩が青と白に重なって、目の前の空にひろがる雲形をひとつずつ朝の空に変えて行く。

陽《ひ》が昇るぞ。

時計は六時十一分三十秒。

——アッ。

指輪のダイヤモンドが光りを放ったように太陽の先が見えた瞬間、思わず声を出しそうになった。

——十字架だ。

太陽もまた夜空にきらめく星と同じなのだ。十字の光りは私の足元まで届いた。

決して丸くはないのだ。丘陵に雲がかかっていたせいもあるかもしれないが、太陽の光りは見る者の感情にまかせるように、その朝横に長く流星の尾のごとくかがやいていた。

息を飲んでしまう。黙ってしまう。

言葉であらわすには、沈着な観察眼と素直過ぎる感情が必要なのに違いない。

姿をあらわした。呆気《あっけ》ない。

王ではないか。太陽はやはり王のように呆気なく姿をあらわした。

六時十二分二十秒。

五十秒の間に太陽はマサイの地に朝を与えた。

光りの織りなす儀式に目を奪われている間に気が付けば私の立つテラスの周囲の草むらから鳥たちの羽音がしていた。

下方を蛇行するマラ河の水が銀色にきらめいている。

動物たちが動き出した辺りに白い煙りが立ちこめている。象の群れがカバの群れが岸にむかっているのだろう。

稜線を離れた太陽が、岸に連なるフィギィー・ツリーの影をタンザニアの方角につくっている。

知らぬうちに私の足元は朝露に濡れている。紫露草に似た花が風に揺れていた。


ケニアのマサイマラ公園を訪ねた。

友人が現地の人と造ったロッジで夜明け方、誰かに背中を押されるようにして、目覚め、ただ黙して目前の風景に見とれている。

人間を寡黙《かもく》にさせる風景が、この地にはある。きっと王がどこかにいるのだ。

アフリカの燕《つばめ》

美しい文字だった。

ナチュラリスト（自然調査官）のチェゲが渡してくれたレポートのアルファベットの文字がまぶしかった。

「とてもいいレポートをありがとう」

私が礼を言うと、チェゲは嬉しそうに笑ってからうつむいた。シャイな性格がそのまま表情にあらわれる。

「午後からの予定は？」

チェゲの大きな目が私を覗《のぞ》き込む。

ロッジの周辺にも、美しい鳥や花がいると、昨日彼が私に話しかけた。

「見てみたいな」

私はなんとなく言った。チェゲは何度もうなずいていた。

「昨日のサファリ（旅）でお疲れでしょう。いいんですよ、今日は休まれても」

副支配人の育子嬢が言った。

「いや、大丈夫。行きましょう」

「チェゲは、あなたみたいにいろんな質問をする日本人に逢《あ》ったのが初めてだから興奮してるんですよ」

たしかにチェゲは昨日のサファリの後半から私のそばを離れない。

私にはよくこんなことが起こる。

銀座のクラブに飲みに行って、若くて可愛い子が隣りに座らないかと祈っているのに、閉店間際になるとスリッパを履いたバーテンダーや髪が淋《さび》しくなった店長が両隣りに座って、私の膝《ひざ》に手を置いていたりする。

そのことを不運と見るか幸運と見るかは永い酒場の修業でも判断がつきにくい。

「ところでチェゲ君、自然を観察に行くのはいいけど、ライオンが出たりしないだろうね？」

「大丈夫、レインジャーがライフル銃を持って一緒に行くから」

ロッジのある丘の上から急勾配《こうばい》の沢を降りて行く。先頭はライフル銃を持ったレインジャー。

テーブル状になった二十五万年前の岩の上で、チェゲはちいさな糞《ふん》を指でつまんで言った。

「マングースの糞」

「マングースがいるの？」

「この辺りは蛇が多いから」

――えっ、大丈夫かね。

今回アフリカへ行くきっかけになったのは、このエッセイのさし絵を描いて下さってる長友啓典氏の一言だった。

最初アフリカの旅に誘われた時、

「遠慮しときます。酒場もギャンブル場もない土地には三日もいられませんから」

トモさんのような酒場党がなぜアフリカへ行くのか気がしれなかった。

ところが帰国したトモさんが、

「あそこはええで……」

とタメ息混じりに言った。

「何がいいの？　何もないんだろう」

「何もないのがええのよ。たいしたとこでっせ、ほんま」

酒池肉林の宴でも悠然としているトモさんが陽《ひ》に焼けた顔を撫《な》でてつぶやいた。

で、私はその旅を引率した小黒一三氏に逢いに行った。出かけて行った彼のオフィスに一枚の絵があった。一見子供が描いた絵に見えた。どこかで見た気もした。

「あっ、ティンガティンガだね」

「いや、弟子のムパタの絵ですよ」

「ムパタ？　いい絵だねえ」

「いいでしょ。アル中で死んじまって」

「アル中ですか……」

その一枚の絵が妙に心に引っかかった。

小黒氏が出版社を退《や》めて、アフリカにホテルを建てる話は酒場の噂で耳にしていた。

面白いことをする人だと思った。

——あんなところにホテルを造ったって誰も行きゃしないって。

——できっこないって、会員になったって金をぶん取られて終るだけよ。

そんなふうに話してる連中もいた。見ると、普段から私がカスだと思ってる連中だった。

ギャンブルにおいてもそうだが、私は人が鼻で笑う方の目に気がいってしまう。悪い評判が立ってる男や女を見ると、その人が不思議と純粋に見える。

「あいつはどうしようもない奴だ」

と耳打ちされると、頑張って生きてきたんだろうと思ってしまう。

その夜、小黒氏と酒場で別れてから、朝まで渋谷のDで飲んだ。
アフリカへ行ってみよう、と思った。

エリザは成人した主人（ムパタ）の子供以外にタンザニアから不法入国して連れ戻された娼婦《しょうふ》の子供を育てていた。

小黒氏はムパタが死んでから、この一家の面倒を見ていたらしい。エリザは子供の養育費の話を小黒氏としている。

私は家の壁に掛かったムパタの写真を見ていた。一人の画家と若い日本の編集者が出逢って、奇妙な縁で日本男児は父親の財産を使い果してでもアフリカにホテルを建てようとしている。

どう考えても賭けとしては分《ぶ》が悪い。しかしそこに黙って張れるか張れないかが、人生の岐《わか》れ目になる時がある。

「エリザに金をたくさん渡すと、あいつ自分の恋人のために着飾る方へ金を使っちゃうからな」

小黒氏は頭を掻《か》きながら舌打ちした。

「ハハハッ、そりゃいいな。金が生きるってもんだ」

私はおかしくなった。

それでもムパタの墓へ行った時、エリザは墓に両手をついて、

「ムパタ、おまえの友の小黒が今日また来てくれた。おまえの名前がついたホテルがもうすぐできる。成功を祈っておくれ」

と目に涙を浮かべて言った。

チェゲと沢を下っている時、一羽の鳥が私たちの頭上を横切った。

「あっ、燕だ」

私の声と同時にチェゲが言った。

「ストリプド・スワロー」

燕は赤い喉《のど》を私たちに見せながら、青く抜けた空に流線の飛翔《ひしょう》をくり返していた。

その夜、私はロッジのテラスで酒を飲んだ。満月にむかう月が、マサイマラの草原を淡い紫に浮かび上がらせていた。

月光の届かない遥かな丘々の上にきらめく二月の星座がゆっくりと回っている。

二十五万年前の岩の上に乗せた素足から冷気が背中に伝わる。

あと数十年経《た》てば、私も小黒氏もこの世にはいない。ひょっとして、このロッジもあとかたなく失《う》せているかもしれない。しかしそれでいいのだろう。

いつか燕が巣に戻ってくるように、花にでも虫にでも身を変えて、私も小黒氏もこの場所に遊びにこられるかもしれないし……。

儘《まま》になるなら

タクシーは広尾の商店街を抜けて、愛育病院へむかう坂道を右に折れ有栖川《ありすがわ》公園を回り込むようにして走っている。

窓からちらりと公園の池が見えた。

以前、あの池で夜明け方素足のまま水を搔《か》きまぜていて、警官に尋問されたことがあった。

何年前になるのだろうか。朝まで酒を飲んでは、その辺りに見つけた公園で寝たりしていた。つい昨日のことのような気もするが、あの青年は今の私とは別人だったようにも思える。

野球場が見えた。ネットの金網が小綺麗《こぎれい》なグリーンになっている。

よくここで草野球をした。

不思議とこの球場で試合をする時は雨の日が多かった。

仙台坂を下って行く。古い獣医院が昔のまま坂の途中にあった。

懐かしい気分だ。

タクシーを坂下の信号の手前で降りる。角の薬局で二日酔いの薬を二本と、スポーツ新聞に競馬新聞を買う。それをコートのポケットに押し込んだ。

あの頃と同じことをしている。

横断歩道の前で信号が青になるのを待つ。目の前をバスが通り過ぎる。首をうなだれて眠っているサラリーマン風の若者。頑張ってるな。

ベンツに乗った若者がハンドル片手に自動車電話を掛けている。女の子にでもデートの申し込みをしてるのだろうか。

——今夜さ、パパがよく行く、ちょっと気のきいた鮨屋《すしや》があるんだけど。

——そこって小鰭《こはだ》はイケルの？

——勿論さ。けっこういい仕事する店でさ。（馬鹿野郎）

信号が変わって歩きはじめると、忘れていた感覚が少しずつよみがえってきた。

小走りになる。

もう音楽リハーサルははじまっているのだろう。初日から遅刻だ。それも昔と同じだ。

八年振りにステージ演出をしている。

トモさんと二人で、和田アキ子さんの二十五周年リサイタルのステージングをすることになった。

話があった時、どうしようか迷った。

八年の間に何人かのアーチストの人たちから演出の依頼があったが、やろうという気持ちになれなかった。

「ええがな、何でもやってみぃな」

トモさんの言葉で引き受けることにした。

しかし台本を書きはじめたら、やはり難航した。

――やっぱり無理かな。

けれどすでに記者会見も終っていた。

と同時にコンサートの演出という仕事が何をすることなのか、よくわからなくなった。

十数年前に松任谷由実さんのコンサートの演出を頼まれた時も、訳がわからないままはじめた。自分なりのやり方をこしらえるのに数年かかった気がする。

その頃、コンサートには台本というものがなかった。あるのは曲順が記してある進行表だけだった。

スタッフの意識も低かったし、彼等の収入もお粗末だった。それをなんとかしようと思ったのだから、自分も若かったのだろう。

少ない利益の中からスタッフを海外に勉強に行かせたりした。

高い演出料を取り、あいつの演出は金ばかりかかるという噂《うわさ》も耳にした。それでも誰かが高額な演出料を取っていないと、次世代から優秀な演出家はあらわれないだろうし、スタッフのレベルも向上しないと信じていた。

がむしゃらにやっているうちに気が付いたら、大勢のスタッフのために次から次へと演出の仕事を引き受けなくてはならない破目になっていた。

気がすすまないアーチストの仕事もした。その辺りから、生理的に自分がこの仕事にむかない気がしてきた。

いろいろあって、疲れて、或《あ》る日皆に頭を下げて、演出の仕事を退《や》めた。

リハーサル室に入ると、二十数人のミュージシャンがリハーサルをはじめていた。

「おはようございます」（よくわからないが業界の人は夜でもこう挨拶する）

「巨匠、やっと見えて下さいましたか」

アッコさんが笑って嫌味を言う。

頭を掻きながら演出のテーブルに着く。

――なんだ、昔と何もかも一緒じゃないか。

アッコさんは美空ひばりさんの歌を歌っている。〝悲しい酒〟だ。目の前の譜面を見る。古賀政男のメロディーはどうしてこんなにシンプルなんだろう。

トモさんの作ってくれた美術デザインが壁に貼《は》ってある。アッコさんは喉《のど》の調子が悪いのか、喉にアイスノンを巻いて歌っている。バイオリニストの弓が同じように上下する。振付けの先生が譜面に鉛筆でチェックを入れている。照明のチーフはじっと音を聞いている。その脇に赤マジックの入った競馬新聞が見える。舞台監督がストップウォッチを見ている。

——ああ、この雰囲気がいいんだ。

リハーサルを終えて、銀座の料理店へ行き、三月で私の事務所を退社する女性の送別会へ加わった。

食事の後でバーへ一軒寄り、六本木へカラオケを歌いに行った。

♪およばぬこととあきらめました——

妹が歌っている。〝雨に咲く花〟だ。

聴いているうちに、

『ママニナルナラ　イマイチド——』

という歌詞が出た。ビデオには『儘になるなら今一度』と文字が出た。

私は子供の時この歌を聞いて『ママになるなら今一度ひと目だけでも逢《あ》いたいの』と勝手に思っていて、好きだった女性が結婚してママになるので、その前に一目逢いたいと別れなくてはならない男が歌っているのだとずっと思っていた。

それで何とか意味が通じていたから妙なものだ。

小説家として、これからしっかり仕事をしなくてはという時に歌手の演出ですか、と半分呆れて言う編集者もいる。

しかし私はそう思わない。

芸能をする人に常に目をむけておくことも小説家の大切な姿勢と思っている。

それにしても、ステージの演出で私があの頃誤解していたことが、この歳になっていろいろわかってきた。

儘になるなら、よいステージを作ってみたいものである。

お客さん、面白いね

その日の昼下り、たぶん何もすることがなかったのだと思う。なんとなく玄関に行って、突っ掛け下駄を見ているうちに、それを履いて表へ出てしまった。

外は風が強かった。

もう初夏の風のような気がした。

軽い二日酔いには風が一番の薬だ。散り残っていた桜が足元に流れた。

取りあえず駅の方へ歩き出した。

ちょうど昼食時で、駅の近くにある予備校から生徒がぞろぞろ出てきて、道端でハンバーガーなんかを食べながら楽しそうに話をしていた。

春先の予備校生はどこかのびのびしていてイイ。きっと第一志望校を胸を張って口にできる時期だからだろう。これが年の瀬になると、憂鬱《ゆううつ》を絵に描いたような顔になる。いずれそうなるにしても、つかのまの可能性を信じている時の若者の顔はいきいきしている。

さてどこへ行こうかと、踏切りの前で考えた。

線路越しに中華料理店の白い暖簾《のれん》が揺れているのが見えた。

——湯麵《タンメン》が食べたい。

ふいにそう思った。

私は食通ではないのだが、或《あ》る時急にあそこのカレーライスが食べたいとか、あの屋台のおでんのスジが食べたいと思うことがある。

その日は麻布十番にある中華料理店の湯麵が思い浮かんだ。

電車で行くとなると、渋谷まで出て……、それから先がわからない。

しかし湯麵を食べるのにタクシー代を使うというのは少し贅沢《ぜいたく》過ぎる。

けど電車に乗って、間違えて新宿に寄ってしまうと、麻雀屋へ直行してそのまま二日三日遊び続ける破目になるかもしれない。


タクシーを待って、三十分余りが過ぎた。こんな時に限ってタクシーが来ない。先刻一台やって来たのだが、昼飯に行くところなんで……、と申し訳なさそうな顔をされた。

やっと一台やって来た。

反対方向だが、Uターンをしてもらえばいいだろう。

下駄を鳴らしながら通りを渡って手を上げた。停車した。乗り込んだ。

「麻布十番に行って下さい」

と告げたとたんに、

「お客さん、そりゃ反対方向じゃない」

とえらい大声で言われた。

「反対方向か……」

私は頭を掻《か》きながらつぶやいた。その間もタクシーは新宿の方へ走っている。

——実はあそこでかれこれ三十分も待っていたんですよ。反対方向は承知でお願いしてるんですが、そこをどうにか。

と私は言いたかった。

「反対方向に決まってるでしょうが、麻布はお客さん、うしろだよ」

タクシーは真っ直ぐ走っている。

今日は一日のんびり過ごしたかったから、どうしようかなと思ったのだが、運転手が何ごとかを言おうとした時、

「反対方向がどうしたってんだ、おまえ」

と私は大声を出していた。

運転手の背筋が急に伸びた。

「おい、反対がどうしたって。どこか行きたいところがあるのか。あるならそこまで行

ってみろ。どんどんこのまま行け。仙台だって札幌だって行けるところまで行ってみろ。どこでもつき合ってやるから、ほら、好きなところへ行け」

運転手はスピードを落として、

「どこでUターンしましょうか」

と小声で言った。

「神泉《しんせん》の交差点でいい」――

そこから別のタクシーを拾うつもりだった。

私は神泉の交差点でタクシーを降りて、別のタクシーに乗り換えた。

「あれっ、お客さん。今タクシーから降りたばっかりでしょう」

短髪で色黒の人の良さそうな運転手が明るい声で言った。

私が事情を話すと、運転手は、

「悪い奴だね。けどそいつ、きっと行きつけの定食屋にでもむかってたんだよ。腹が減ると気も立つしね。そういう奴は名前を覚えといて、タクシーの近代化センターに電話してやればいいんだよ」

と言った。

「告げ口は嫌いなんだよ、俺は」

するとと運転手は私の方をふりむいて、

「お客さん、あんたは偉い」

とうなずいてから白い歯を見せた。

「偉かないよ」

「いや、そのうち出世するって」

「そうかな、運転手さん、いい人だね」

「そう、俺は母親から性格はいいって言われてたからね。ハハハッ」

「どこが悪いの？」

「強いて言えば頭かな？」

「じゃ俺と一緒だ」

「ハハハッ、お客さん、面白い」

私は少し気分が良くなった。

「けど、今時お客さんみたいに、頭ボサボサで突っ掛け履いて外に出る人、いなくなったね。サラリーマンじゃないね？」

「わかるの？」

「そりゃ、この商売長いもの。何してんの。仕事は？」

「本を書いてんだ」

「絵描きさん？」

「違うって、小説書いてんの」

「ハハハハッ、お客さん、面白い人だね。寅《トラ》さんみたいじゃゃん」

「可笑《おか》しいだろう、俺って。田舎の母親によく言われたよ。人の前で、うそだけはつくなって」

「ハハハハッ、まったくだ」

その時車は仙台坂にさしかかっていて、右翼の宣伝カーから、フーテンの寅さんのテーマ曲が流れていた。

「ハハハハッ、今日は面白い日だ」

信号機で車が停車すると、運転手はうしろをふりむいて、私の顔をまじまじと見て、たまんないって目をして首を大きく横に振ってまた大声で笑った。

「やっぱ、フーテンに見える?」

「どっちかと言うとね。でもさ、まだ若いんだし地道にやってけばいいよ」

タクシー代を払って降りる時、

「ねえ、お客さん。役者がいいかもな」

と運転手が言った。

「どうして?」

「あんた、藤田まことに似てるよ」

「そうかな」

「ありゃ、いい役者だよ。小説は絶対に無理だって」

「ありがとう。考えとくよ」

麻布十番を歩きはじめると、風が足元をさらった。

私は湯麵のことを忘れて、そのままパチンコ屋に閉店までいた。

銀座の花売り娘

忍冬《すいかずら》が咲いている。

薄桃色の花弁を裂いて、細い黄色の花芯《かしん》が、巣から嘴《くちばし》を出した燕の子のように風に揺れている。

野にある忍冬と違って、机の花入れに活《い》けてある忍冬は花が大きい。突貫忍冬《つきぬきにんどう》と呼ぶらしい。

日赤病院商店街にある花屋の女将《おかみ》が、その日届けた花の名を小紙に丁寧に書き込んでくれる。

あかのまんま、やまぼうし、縞《しま》すすき。梅雨の昼下がり、夏の草花がまぶしく映る。

洗面所へ行くと、不如帰《ほととぎす》があった。

こちらは少し葉に泥が付いている。それがいかにも昨日まで、道の端で雨に濡れていたようで風情がある。

聞けば、この不如帰は週に二度仕事場の掃除に来て下さる女性が、家の近くで摘んで来てくれたらしい。

五つばかりの花のふたつが花弁を割って、美しい斑点模様をのぞかせている。

「花をよくご存知ですね」

と初対面の人に言われる。

「園芸部だったんですか」

と言う人もある。

まさか……。別に花に特別興味があるわけではない。

夜半の仕事が多く、私はひどい量のタバコを吸う。知らぬうちに部屋の中は煙りだらけになる。身体にも悪いが、朝方仕事部屋に入ってきた人が、眉根にしわを寄せて窓を開ける。

「よくこんなところで息をしてますね」

こちらは言われるまで気付かない。

猫や犬がいれば咳《せき》込んでくれるのだろうが、その手の生きものがそばにいると、朝まで話し込んでしまう。

花なら空気に敏感である。

おまけに寡黙《かもく》である。季節の移るさまもよくわかる。

京都にいた時も、今の家へ住みはじめてからも、いい花屋に上手《うま》いこと出逢う。茶花が多いのだが、少し割高になる分、珍しい花にめぐり逢う。

それに合わせて花入れが揃《そろ》い出す。

三年の間、一軒の花屋とつき合うと、季節ごとに同じ花を三度、目にすることができる。

子供でも自然と名前は覚えるものだ。


東北新幹線に乗っている。

十日程の旅になる予定だが、酒場から直接東京駅へ行ったので、着のみ着のままで出かけてしまった。

銀の鈴の下で、ぼおっと立っていたら、同行のS君が両手一杯の荷物をかかえて汗だくであらわれた。

「荷物はないんですか?」

「みたいだね」

と笑うと、S君は呆《あき》れた顔をした。

列車に乗って席に着くと、S君は徹夜疲れで仮眠をはじめた。

大宮、宇都宮と列車が止まるたびに、競輪に来たんじゃないかと錯覚して降りてしまいそうになる。

今回は小説の取材である。

目が覚めて、私がいなかったら、いくらなんでも怒るわな。

福島まで行けば、平競輪場もある。そこまで我慢をすれば仙台、そして目的地の花巻には競輪場はない。

待てよ、その先に行けば青森競輪場があるじゃないか。これは困った。

(何を困ってるんだ？　本当に困った性格だね、私という人は)

それにしても、ひどい二日酔いだ。

列車に揺られていると、ようやく昨日の酒が回りはじめた。それでいて車輛《しゃりょう》に売り子さんが入ってくると、反射的にウィスキーを注文したくなる。

列車が福島に着いた。

おうっ、えらい荷物をかかえたおばさんが入ってきた。まるで終戦直後の買い出しそのままである。荷物を棚に載せているが、おばさんの席の棚だけじゃ足りない。それにしても段ボールを軽々と片手でかかえて、力があるな。

さすがに席に座ると汗を拭《ぬぐ》っている。

誰かに似ているが、誰なのか思い出せない。

日に焼けた顔と大きな手が逞《たくま》しい。

畑仕事で焼けたのだろうか、あの日焼けは汐《しお》焼けのような気がする。海女《あま》さんだろうか？　しかしこの辺りには海はない。

「ねぇ、おばさん、海女さんでしょう」

なんて声をかけて間違ってたら、エルボーかまされて、二日酔いの私は気絶してしまうだろうナ。


仙台に近づいている。

海女さんは目を閉じて眠っている。

隣りのS君も眠っている。

あっ、わかった。海女さんは銀座の花売りのおばちゃんに似てる。

おばちゃんは私がどんなに遠くにいても見つけて、嬉《うれ》しそうに駆けてくる。

「遅いじゃないの、今夜は」

知らない人が見ると、私とおばちゃんが親子に見えるくらい、おばちゃんは私の上着の袖を引っ張ったり叩いたりする。

「まあ、今夜もパリッとしちゃって」

昨日と同じ洋服でもそう言う。

で、いつの間にか、私はポケットの中から千円札を出してしまう。

「これ、おまけだから持ってって」

いつもおまけがつくから、どれが正規の値段かわからない。

ギャンブルの具合いが悪くてスッカラカンで歩いている時も、

「どうしたの？　不景気な顔して」

「いや、今夜はスッテンテンでね」

「じゃ、この花持ってきなよ。きっといいことあるよ」

とバラをくれたりする。

本当にお金がない時なんか、おばちゃんのいないところでそのバラを売りたくなる。

(アンチャン、花買《こ》うてくれんか)

そう言えば一度、スッカラカンの時におばちゃんの行きつけのバーへ連れて行ってもらったことがあった。

「娘がおととし嫁に行ってさ、あとは気楽なもんよ」

なんて言って、島倉千代子の歌なんか口ずさんで、上機嫌だった。

待てよ、あの時おばちゃんからお金を借りたような気がする。(嫌だネ俺って)

近頃、おばちゃんの花が売れ残る。

そんな時のおばちゃんは道にしゃがみ込んで頬杖《ほおづえ》ついて、ぼんやり地面に並べた花を見ている。

「どうしたよ、花売り娘」

私が大声で言うと、

「嫌だよ、娘なんて」

と、そこにある半分近くの花を私に差し出す。私はあわててポケットの中をまさぐる。

彼岸花

奇妙な夢で目が覚める時がある。

起きてからもしばらく、うす闇《やみ》の中でじっと今しがた見ていたものが、夢なのか、それとも現実だったのかがわからず朦朧《もうろう》としている。

ようやく見ていたものが夢だったのだとわかって、

――そうか、夢だったのか。

と納得し、その後すぐにそんな夢を見てしまった自分にタメ息をつく。

楽しくなる夢はいいが、嫌な夢を見ると、いい歳をして、と情なくなってしまう。

「何て人間なんだ、おまえという奴《やつ》は情ない男だ」

A先生はそう言って、私を見知らぬ街に放り出し、そそくさと歩いて行った。

「とうとう見放されたか……」

と私は小径《こみち》にしゃがんでタメ息をついている。

「何をしてるの？　早く追い駆けて行って謝らないとだめでしょう」

背後の声にふりむいて顔を上げると、見覚えある女性がひとり立っている。

彼女は手にトランクを持っていた。

どこかへ旅にでも出かけるのだろうか。

「姉さん、放っときなよ、そんな奴。早くしないと遅れてしまうよ」

聞き覚えのある声に女性の背後を覗くと、弟がスーツ姿で旅行鞄《かばん》を手に立っている。

――なんだ、おまえ生きていたのか。

「いいから放っておきなって……」

弟の声に女性は戸惑《とまど》いながら、うしろから来た人たちに背中を押されるように歩き出した。

私はぼんやりと立ち去る彼女と弟を見ている。

彼等がどこへ行くのかはわからない。ただ行列のむこうに、大きな輸送船のようなものが煙りをはいていた。

A先生も弟も、もう私のことはうんざりだという顔で立ち去った。

汽笛が周囲に響き渡る。

私は意固地になっているのか、うつむいたままその場を動けないでいる。

誰かが私の名前を呼んでいる。聞いたような声なのだが、顔を上げることができない。

――俺はこのままでいいんだ。

死んで行った人たちに見捨てられる夢は、ひどく疲れてしまう。

――きっと何かがバレたに違いない。

目覚めてから、私はつぶやいている。


夏の終りになると、どうも精神状態がおかしくなることが多い。

体調を崩すのも、決まってこの時期である。

子供の頃なら理由はわかる。

ずっと毎日遊んで暮らせたものが、急に学校へ出なくてはならない。それが嫌でしょうがなかった。

宿題をほとんどやってないこともあったのだろうが、夏の終りになると、すべてが幕を閉じたような気がした。

はぜの木の下には、蟬《せみ》の死骸《しがい》が転がり、入江を歩くと、海辺には海月《くらげ》の姿が見えて飛び込むこともできない。神社の裏手には、夏祭りの名残りの矢倉の丸太が泥がついたまま散乱している。

引き返すことができない時間の残影が冷たい秋風にさらされている。

夏がひとつ去って行くだけのことだったのに、少年の時代にはそれがたまらなくせつなかったのかもしれない。

今はもう、そんな感情になることはほとんどない。

忙しいだけが理由でもあるまい。

大人になって、時間が過ぎ去ることが平気になったというのなら、大人とはずいぶん無神経なものなのだろう。

ひとつ夏が終るたびに、私たちはたしかに歳を取り、悪ガキは青年へむかい、青年は中年へ、中年は老人へとむかう。

数日前、明け方の新宿の街で、何を血迷ったか、私は二、三十メートルの距離を全速力で駆けてみた。

酔っ払っていたわけでもない。

点滅している工事の表示灯が見えたので、誰も周囲にいないことを確認し、小学生の頃の徒競走のように、ヨーイ、スタートと自分で言って走り出した。

二十メートルも走らないうちに、顔が膨張して、過呼吸のように息苦しくなってきた。

それでもと、工事の表示灯まで走り切った。

ひどい息切れがして、口を開けると涎《よだれ》が落ちた。と思った途端に、ウェッと鶏が首を締められたような声が喉《のど》の奥からこぼれると、胃の中のものがポンプの水のようにあふれ出した。

足元を見ると、黒のバックスキンの靴がプリンの色になっている。

――ああ、叱られる。

また胃が絞り込むように動いて、どろどろと嘔吐《おうと》した。涙が一緒に出てきた。

「何やってんだよ、そこで」

顔を歪めて、怒声の聞えた方を見上げると、工事現場のあんちゃんが私を睨《にら》みつけていた。

「何やってんだ、この」

「す、すみま……」

謝ろうとしたが、喋《しゃべ》るとまた吐きそうだった。

「この野郎、ふざけやがって」

――この野郎？

「手前、今誰にむかって、この野郎と言った」

自分でも驚くほど大声が出ていた。

相手もきょとんとしていたが、私もちょっと言い過ぎたかと思った。見ると、シャベルを持った老人が、何をしているんだべ、と言った顔で穴の中から私を見上げていた。

私は恥ずかしくなって、

「すみませんでした」

と頭を下げて、立ち去った。

公園まで行って、水を飲んだ。
生温い水だった。
ベンチに座ると、ウゥッとおくびが出た。急に自分が情なくなった。

一九九三－一九九四年

『半人前が残されて』より

無用の用

　ここ数日体調が悪い。

　体調が悪くなるほど、酒だ、ギャンブルだと遊びほうける方が悪いに決まっている。

　どのあたりからこの不調は来たのだろうか。小説の原稿が終って、三日ばかり麻雀を続けていた先週の初めか、いやあの頃は三日もぶっ続けで遊べたのだから体調は悪くなかったのだろう。

　とするとトモさん（長友啓典氏）と、俳優の小林薫さんと銀座のGのMママと明け方まで騒いだ夜あたりからだ。

　そうだ、はっきり思い出してきた。その日私は、先妻の墓参りに出かけるつもりが、ふらふらになって家にたどり着き、玄関に倒れてしまったのだ。

　家人が大声を出せども揺さぶれども、私はトドのように動かなかったらしい。

　逆上した彼女は私を捨ておいて、なんと一人で墓参りに出かけたらしい。

　午後になって目覚め、実家に電話を入れると、

「まったく、お前という子は……」

と母がタメ息をついた。

ちょっと非常識だったかな。

よせばいいのにその夜また私は酒場へ出かけてしまった。体調が良くなかったせいか、飲めども飲めども酔っぱらえなかった。ならそれで帰宅すればいいものを、こんなはずじゃあない、もう少し飲めば調子も上がってくるだろう、と努力を続けているうちに、気が付いたらへべれけになっていた。

ここまでくれば、家に戻ってもほとんど相手にされる状態ではなくなり、それをいいことに、私はまた次の夜も新宿へ飲みに出かけた。

——なにしろ今日は旗日だ。祝日だ。

祝日ならば祝い酒だろうと歌舞伎町界隈《かいわい》を徘徊《はいかい》した。

見上げれば、空にはすでに太陽が昇っていた。

足元もおぼつかないが、身体が借り物のコートのようにダブついてぶよぶよだった。

家へ帰るタクシーの中で流れていたラジオ放送が、訳のわからない外国語に聞えた。

かくして私は病院へ送られた。

新橋にあるこの大学病院へ来たのは六、七年ぶりである。前はたしか心臓の具合いがおかしくなった後、腸閉塞《へいそく》を起こして深夜飛び込んだ。

病気の原因は栄養失調だった。あの頃は酒ばかりを飲んで何も食べていない時期だったのだろう。

病院へ出かける前に、

「せめてK飯店《はんてん》の煮込みそばを食べてから病院へ行きたい……」

と言うと、

「大げさなことで……」

と家人に鼻で笑われた。

S先生の顔をひさしぶりに見る。目が合ったとたん、

「ひでえ顔だな。飲みすぎだよ」

と呆れた表情をされた。

手続きを済ませて病室へ続くエレベーターに乗っていると、背後から家人の低い声がした。

「S先生、主人の具合いが良くなっても決して二人で夜中に病院を抜け出して銀座でクラブ活動なんかしないで下さいよ」

迫力のある声だった。

S先生は家人から目をそらし、

「決してそのようなことは……」

と戸惑いながら言っていた。

「あんた、どないなっとんねん。おととい元気に六本木で飲んでたやないの。わしさっき、あんたの嫁さんからごっつ怒られてもうたわ」

トモさんから病室に電話が入った。

「すみません。逆上しているみたいですな……」

「明日の夜、暇やったら、ちょっと遊びに来いへんか」（まったく病室へ電話をかけてきてこれだから、酒の達人は奥が深い）

そういえば昨夜、歌舞伎町を歩いていたら客引きに声をかけられて、無理矢理彼の店へ連れて行かれた。休日だというのにたくさんの女の子が一生懸命働いていた。尊敬してしまう。けど、どの子も長い髪をして同じようなミニのワンピースを着ていた。化粧もみんな似ていて、明るい声でリサです、ルミです、メグです、アイです、と紹介されたが、どれがメグで、アイで、リサで、ルミで、ベラ（これじゃ魚の名前か）なのかわからなくなった。あの店あたりから酔いが回ってきたような気がする。

近頃酒を飲んでいると朝方ぷっつりと記憶がなくなる時がある。

まるでハサミで頭の中の回路を断ち切ったように記憶が失せる。頭の中がどうにかなってしまっているのだろう。

しかし記憶というものもなければないでその方がいい時がある。夜明け方の酒場でいつも繰り返されていることは、ほとんどがどうしようもない戯言《ざれごと》なのだから。

困ったことに、私はこのどうしようもないことがたまらなく好きなのである。一見役に立ちそうに見えるものほどくだらないものが多いのを私は何度も見てきた。

物事がそうであるように、役に立つと言われる人ほど恐い存在はない。当人が自分は社会に何かをしているとか、他人に何かをしてやっていると思い込むことほど大それた話はない。そういう人は、いつも他人に何かをしてやっているという意識があるから、その行為に対して代償を求めるし報われなければ不平を言い出す。

所詮人が出来得ることなどたいしたものではないのだ。何かが出来たと思うのは、ほとんどが錯覚で、

――何もしちゃいませんよ。

そう考える人の方が私には信用できる。

――あの人は、どうしようもない人だ。

と言われる人の方が私にはひどく安心できる。

私の周囲を見回しても、善人に見えるのは、酒場のママや妻や子等からあきらめられている人が多い。

無用の用。

役に立たなく見えるものに今私たちが見失っているものがあるのかもしれない。

病室の電話が鳴った。

「どや、調子は？　女と金以外で何かいるものあるか」

作家の山口洋子さんからである。

「明日の昼間、野球に行こうや」

やれやれ無事に病院を出られるのだろうか。

新幹線〝のぞみ〟窒息死寸前事件

ひどい二日酔いで新幹線に乗った。

大阪にて公開鼎談《ていだん》である。

野坂昭如氏と村松友視氏の三人で〝イイ小説を書くから、小説をもっと読みなさい〟というような主旨の鼎談である。

どうして昨夜こんなに酒を飲んだのかまったくわからないほど、私は東京駅のプラットホームでもヘロヘロであった（病み上がりとは思えないね）。

渡された切符を手にしてうろうろしているうちに、むかいのホームから私の乗る予定の列車が出た。

——アッ、イカン。私の列車が。

そう思いつつむかいの列車を見送った。

しかしとにかく大阪まではたどり着かなくてはいけない。何しろ告知がしてあるのだから……。

「すみません。どうしても大阪へ四時くらいまでに着きたいのですが……」

ホームの駅務員室から出てきた若い駅員さんに言った。

「大丈夫ですよ。このホームから〝のぞみ17号〟が出ますから、その方が早く大阪に着きます。切符買って来てもらえれば……」

「そうですか」

私はまだ新幹線の〝のぞみ〟に乗ったことがなかったから、ホームを駆け下りて切符を買い替えた。

〝のぞみ〟は速い。

どこがどんなふうに速いかと言われると説明に困るが、とにかく速い。

座席についていても相変わらず胸は苦しいし、もどしてしまいそうだった。

立ち上がって、売店に氷と水を買いに行った。二日酔いの時は氷が一番、水が二番である。

小田原を過ぎるあたりまで、とにかく氷を嚙み水を飲み続けた。

——こりゃ、俺の身体も新幹線みたいに特急で下痢になるぞ。

と思いつつ、氷を耳の奥に響くほど嚙んでいた。

途中アイスクリームとホットコーヒーを買って、売り子のべっぴんさんにおかしなオジサンという顔をされながら、私は目の焦点が定まらぬまま流れる窓の外の風景を追っていた。

富士市を過ぎたあたりで案の定、腹がゴロゴロ鳴りはじめた。

立ち上がろうとすると、前のシートに座った老夫婦の相方が、

「あなた、トイレはどこかしら？」

と大声で言った。

私はその瞬間浮いた腰を静かに下げた。


以前、同じような下痢状態でトイレに駆け込んで、鍵をちゃんと掛けていなかったらしく、たまたま急ブレーキがかかり、ドアが自然に開いてしまったことがあった。それだけなら、さして驚くことではない。よく考えてみてもらいたい。列車の進行方向とは逆向きに閉めたドアに鍵を掛けていない状態で列車はブレーキをかけたのである。

ドアが自然に開いたのである。

そこにオバサンが立っていた。

運悪く和式トイレだったこともあるが、水のように噴き出す下痢が続いていた私が目をむいて、ふりむいたのである。

勿論、オバサンは、さらに目をむいていた。途端に列車は止まって、ドアは閉まった。

その上鍵までが掛かった。耳の奥に、キャーッというちいさなオバサンの悲鳴が残った……。


前のシートのオバサンがトイレに行くのか、棚のバッグから何やら取り出していた。

――とにかくオバサンが行ってから、追い駆けることにしよう。

と思った。

ところがオバサンはそれっきり立ち上がろうとしなかった。

――どうなってるんだ。

あせれば腹の太鼓が鳴り響く。下腹に力を入れればおさまる気もするが、逆の目が出たら一大事である。ウッ、イカン。一刻の猶予もならない。私は立ち上がって、トイレの方へ歩き出した。

「あっ、伊集院さん」

すぐに声がして、私は立ち止まりふりむいた。髯《ひげ》をはやした年齢のわからない男が笑って立っていた。

――誰だったかナ、この人。

「いや、どうも」

「入院なさってたそうで、お身体の具合いはいかがですか」

「ハハハッ、あれは検査入院でして」

――誰だっけ、こいつ。

「いつも読ませていただいてます。頑張って下さい」

男は週刊誌を手に白い歯を見せた。

「そりゃ、どうも……」

――コ、コ、この野郎。


〝のぞみ〟のトイレは全体がグレーの色調《トーン》で落着いていた。

そんなことが言えるのも、前夜の食べ物と飲み物が一度に出たからである。

――しかし、えらく量が出るが大丈夫だろうか……。

私は腹に力を入れながら考えた。

――そうか、二、三日トイレに行っていなかったのだ。

何やら尻の下から生暖かい気配が上昇している。

――一度流そう。

で背後を見ると、それらしき把《と》っ手《て》もボタンもない。

――アリャ、コリャ何ダ？

私は首を百八十度回して、トイレの中を探した。それらしきものはない。

取り敢えず尻を拭いて立ち上がり、トイレの中をもう一度見回した。

――ナイ。

目の前に手を洗う蛇口があった。

――あっ、そうか、手を洗えば便器の水も流れるって寸法か。この野郎。

手を洗っても便は流れない。息苦しくなってきた。

――待てよ、ひょっとしてドアを開けて閉じると流れるってシステムか。

私は用心して、ドアを少し開いて素早く閉めた。

何も起こらない。

私は壁を背に、腕組みして考えた。

――ひょっとして、このトイレだけが設計ミスをしているのだろうか。

かれこれ一時間が過ぎて、名古屋に着き、さらに列車は進み出した。苦しい。

はっきり申し上げる。ＪＲ東海君。

君ね、水はこの四角いセンサーに触れると流れますから、と正面の壁に書いときなさい。

おやじの味

小倉の夜風は冷たかった。

玄界灘から海峡を渡ってきた潮風が吹き抜けているのだろうか。

「日曜日だから、あんまり店が開いてませんね」

かたわらを歩くY君が言った。

「そうか、今日は日曜日だったのか」

「そうですよ。しっかりして下さいよ」

「う、うん……」

昼の競輪に負けたせいか、頭の中も足元もふらふらしている。

年に一度の競輪祭で北九州に来ている。

Y君とは二人で時々競輪の旅に出かける。今から八年前、まだ文章を書くことを生業としていなかった私が初めて雑誌の連載をはじめた時の担当者がY君だった。

全国の競輪場を回って、街を散策する連載だった。写真家の加納典明さんも一緒の旅で、一年楽しい時間を過ごした。

連載が終り仕事を離れてからも、Y君とは酒場や競輪場へ行く。

「この店はどうですかね」

Y君が立ち止まった。私は店の入口を見て、首をかしげた。

旅の楽しみのひとつに、料理と酒の美味《うま》い店に出逢えることがある。出逢うというより、見つけるのかもしれない。

旅の暮らしが長かったせいか、表から店の構えを見て、その店が自分に合うか合わないかがわかる時がある。

どこをどんなふうに判断するかは、私にもよくわかっていない。何となくその店がつくり出している雰囲気のようなものがある。

敢《あ》えて言えば、清潔な感じがする店はそうそう外れはない。しかし清潔そうだからといって入ると、そこが必ずいい店だとは限らない。一見汚れて見える店でも、中に入るととてもいい店だったりする。やはり勘が基準になる。

「ねぇ、あの路地はちょっといい感じじゃないか」

「そうですね」

「ほら、あの店、どうだろうね」

「ちょっと表から覗《のぞ》いてみましょう」

暖簾《のれん》越しに女性がひとりカウンターの中で働いているのが見えた。

「暖簾に〝おやじの味〟とありましたね」

「うん、私も見ました。何だろうね？」

私たちは数軒の店を見て回った。

「やっぱりあの店が良さそうだね」

「しかし普通〝おふくろの味〟っていうのはありますけど、〝おやじの味〟ってのは何でしょうかね」

Y君は店のキャッチフレーズに首をかしげている。

「おやじがつくってるからじゃないか」

「けど中には女将《おかみ》さんみたいな人しかいませんでしたよ」

暖簾をかきわけて木戸を開けると、女将さんが怪訝《けげん》そうな目で私たち二人のことを見た。

「いらっしゃい」

野太い声がした。

見ると入口の活魚が泳いでる水槽に隠れるように、巨体の主人がいた。

――こんなデッカイのが隠れてたのか。

私は思わず主人の体軀を見つめた。

――相撲取りだったんじゃないのか。

それに比べて、女将は物静かでやさしそうな目をした人だった。

「何を飲みますか」

「ビールをもらおうかな」

「生《なま》ですか、瓶ですか」

「生にしよう」

冷えたジョッキに生ビール、突き出しのサービスは鯛《たい》の子の煮ものだ。

――ほら正解だったじゃないか。

棚を見ると、九州には珍しく吉乃川の極上酒がある。

並べた空徳利の口にアルミホイルが丁寧にかぶせてある。

焼松茸《やきまつたけ》を注文すると、ちいさな七輪に炭を入れて出してくれた。

「お客さんに焼かせてすみませんね。この方が好みで焼けるでしょうから」

――なるほど、そりゃあそうだ。

手羽先の唐揚げも鱈《たら》の子の酢のものも美味だった。

カウンターの隅にいた初老の客は寄せ鍋を食べている。

大きな声がして母と娘らしい客が入ってきた。

「どうやったかね？」

「ドージマムテキがあとひと息じゃったわ。口惜《くや》しいね」

――そうか、小倉は競馬もやってるのか。

「お母さんの馬券はほんとにもう少しやったわ」

「武豊君の馬はどうじゃったかね」

店の主人が聞いた。

「おとうさんは豊君ばっかりね」

「春は豊で儲《もう》けさせてもろうたからね」

私がうなずいていると、

「競馬で来なさったかね」

と主人が聞く。

「いや、チャリンコの方でね」

「おうそうですか。今競輪祭をやっとるものね」

母と娘が競馬の話をしている。娘の方は驚くほど競馬のデータに詳しい。

「お客さんも競馬を？」

「時々ね。武豊君のファンでね」

「あの子はよか子でしょうが」

「うん、武君はよか子だ」

何となく主人と話が合って、ついつい飲み過ぎて、気が付いた時は隣りの母娘と知らないバーでへべれけになってた。

翌日、Y君は仕事があるので引き揚げて行った。

ひとりきりになった。

——一生懸命競輪をやらなくては。

今ひとつギャンブルの方が波に乗れないので景気づけに外へ出た。

あの主人の顔が浮かんだ。まずはあの店で一杯やって……。

木戸を開けると、先客が三人。隅の人はこの間の人だ。

夫婦連れが二人で鍋を食べている。

挨拶《あいさつ》されて、こちらも会釈した。皆常連らしい。聞けば門司からわざわざこの店へみえている。やはり美味いんだナ。

引き揚げようとすると主人が、

「ひとりじゃ淋《さび》しいでしょう。今夜は私がつき合いましょう」

二人して街へ出た。

しばらくして女将さんも顔を出した。主人が歌う演歌を聞きながら、女将さんが小声で言った。

「ずいぶん苦労をしましたが、やっと落着きました。今夜は機嫌もいいし」

どんな店がいいのか、今やっとわかった。いい人がいる店が最高だと。

また一年が

ここのところ生活の時間帯が逆になっている。

夜中にうろうろし、明け方晩酌して、昼前に床に就く。夕刻起き出して、宵の口は仕事場でぼんやりとしている。

仕事をはじめるのは日付けが変わる時刻で、たまに編集者の人がやって来て見張りを兼ねて、目の前に座っている。

待っている間、本を読んでいる人もいれば、うとうととしている人もいる。昼間働いて、夜は夜でぐうたら作家のために寒い部屋でじっとしていなくてはならないのだから、辛い仕事である。

「隣りの部屋で少し眠ったらどう？」

「いいえ、平気ですから。気にしないで下さい」

「悪いね、すぐに書きますから」

「時間はありますから（本当はないんだけど）、じっくりやって下さい」

「いや、スピードを上げるから」

お互い交わしている会話にはほとんど真実味はない。

それでも何とか原稿が上がると、妙な喜びがあって、顔を見て笑い出す。

「一杯飲んで行く？」

「いや、印刷所が待っていますから」

そこからの彼等の行動は機敏である。その動きが素早いほど、

――大変だったんだ。

と反省する（これは本当です）。

表通りから足音が消えると、ぽつんと取り残されたようにひとりになる。

窓を開けて空気を入れる。冷たい冬の朝の風が流れ込む。

今しがたまで二人が発していた熱気のようなものが失せて行く。ふたつの灰皿に山盛りになった煙草の吸殻がある。二人の気持ちの残骸に似ている。

どっちにしても、あの人も私もまともには死ねないんだろうな……。

と思う。そう考えると、夜じゅう二人でしていたことは何だったのだろうかと思ってしまう。

あの人、釣りが好きだって言っていたけど、今度一回釣りをする時の顔を見てみたいなと思う。

ぜんぜん違う表情をしているのだろう。

しかしそんなことをするよりも、いい小説を締切りまでにきちんと書けば、あの人もスキップしながら船に乗れる。


ひとりになってから、ウィスキーの壜《びん》を出し、ちびりちびりとやりはじめる。

カレンダーを見ながら、今年も終るんだナ、と思う。

——何ひとつまともなことをしなかった一年だった。

毎年同じことをつぶやく。

——結局、借金だけが残った。

これも恒例である。

「なんて素晴らしい一年だったんでしょ」

「うん、まったく僕も同感だ」

「そうよ。この一年はあなたのために時間が過ぎて行ったのよ」

「まったく生涯最良の年だよ」

「来年もきっとあなたのための年よ」

「僕もそう思えて仕方ないんだ」

こんな会話をこの時期交わしている人がいれば、たぶんその家の周囲を金融業者が取り囲み、部屋の中の家財は何もかも失せて、食べるものにもこと欠いているんじゃないかと思う。

――こんな状態で本当に年が越せるんだろうか。

師走の夜の酒場を歩いていると、毎年同じことをつぶやいてしまう。

もうよそう。愚痴ばかりを書いて、読む方も嫌になるだろう。

小説が売れない時代と言われて久しい。

ひと昔前までは、面白くても面白くなくとも皆小説を読もうとしていた時期があった。小説を読むことが自分を高めてくれるのではないかという考えの人が大勢いたからである。

ところが、ガソリンがなくなった車のように小説は売れなくなった。

後輩のサラリーマンが言った。

「他に面白いものがあるからですよ」

「それは何なんだい？」

「テレビ、ビデオ、映画、ゲームセンター、カラオケ、ディスコ、グルメの店回り、ゴルフ、デートクラブ……、街には小説より簡単で面白くてスリリングなものがあふれているんですよ」

「ふぅーん、そんなもんかね」

それでここしばらく、彼の言う、簡単で面白くてスリリングなものを眺めてみることにした。

たしかにどれにも皆私たちの気持ちを引きつけるものがある。

しかし享楽的過ぎて、奇妙な疲れが残ってしまう。もうオジンなのだろうか。

テレビゲームなど一晩中やっていると、頭の中がふくらんだまま戻らないような感覚に襲われる。

デートクラブやキャバクラの若い女の子に逢ってみたけれど、行き着くところまでは気が行かない。

それで仕方なく、積んでおいた小説を読みはじめた。

——面白いじゃないか。

読んでいるうちに背筋が伸びてくる。

一日、二日と読み続ける。

どの作家が書いたなんてどうでもいいことで、面白ければそれでいい。

——小説にもまだまだパワーがあるじゃないか。

推理小説、時代小説、SF小説、私小説……、ぐいぐい引き込まれるいいものがこんなにある。

なのにどうして小説は売れないんだろうか。日本映画と似てるのかナ。

映画好きに、あの映画面白いのかナ、と酒場で聞くと、彼等は最後にこう言う。

――でも期待しない方がいいよ。

世間は久々に不景気な師走を迎えている。苦労している会社の社長さんたちには大変な年の瀬だろう。

数日前に倒産した二人の友人と酒を飲んだ。ずいぶんすっきりした顔をしていた。顔色も以前よりいい。

「どうだい調子は？」

「いいわけないだろうが。そっちは忙しそうじゃないか、いろんなところで書いているものを目にするぜ」

「忙しいだけで、中身はスッカラカン」

「外身があるだけでもいいじゃないか」

「そりゃそうだな」

資金繰りに追われていた頃より二人とも逞《たくま》しくなったように思った。

生きてさえいれば、そのうち花も咲くのかもしれない。とにかく生きていれば何かあるだろう。

元旦あれこれ

東京は天気の良い正月だった。

風が吹いても木枯しと呼ぶほどでもなく、明け方の寒さも凍《い》てつくようなものではなかった。

大晦日《おおみそか》の数日前から徹夜続きで仕事をしていたが、段々飽きてきて、ただ机についている恰好になっていた。

大晦日は、午後から家人の挨拶回りにつき合わされ、デパートにまで行く始末だった。デパートに入って驚いたのは、若い男と女が一緒に買物にきていることだった。男の方は無理矢理つき合わされているのだと思ったが、見ているとそうでもない。けっこう楽しそうにバスタオルの柄なんかを選んでいる。

私は買物をすることがないので、デパートにどんなものを売っているのかよくわからない。女、子供がデパートが好きな理由もよくわからない。

一階のベンチに座って待っていると、そこがちょうど銀行のフロアーとつながっていて、キャッシュ・カードでいろんな人が引き出しにくるのが見える。

——あの機械の奥にはずいぶん金が入ってるな……。あの機械の裏手に回るにはどうしたらいいのだろうか。

年末の立川競輪でも袈裟《けさ》斬りに遭って、私の身代は中身が一個も入っていないドロップの缶みたいにふっても覗いても音もしなければかけらも残っていない（いわゆるスッカラカンというやつですか）。

待っているのにも飽きて、急に麻雀なら元手なしでもとアイデアが浮かび、立ち上がると、

「どこへ行くんですか」

と家人がうしろに立っていた。

「雀荘で待っていようかなと思って」

「それって、本気で言ってるの」

「いいえ、勿論、冗談です。炬燵《こたつ》のカバーはありましたか」

「ありませんよ。こんな年の瀬に残ってるわけないでしょう」

家の炬燵のカバーが、私の涎《よだれ》やゲロで汚れてしまい、逆上した家人は、新しいカバーでないと新年が迎えられないと言い出した。

新年を迎えるのと、炬燵のカバーがどんなふうに関わり合いがあるのか、私はわから

ない。まあとにかく触らぬ神だ。

挨拶回りをして家に戻り、私は炬燵の中で背を丸めてテレビを観はじめた。片岡千恵蔵にうなずいて、ロバート・デ・ニーロに感心しているうちに、知らぬ間に零時を過ぎていた。

時計の針が回ってしまえば元旦で、さほどの感慨もない。

――年が越せたか……。

そのくらいのものだが、まあ生きて新年とはまずまずと納得したり小首をかしげたり。チャンネル回しして蜜柑を食べつつ映画の梯子《はしご》をしていたら、外が明るくなっていた。家人が欠伸《あくび》しつつ居間にやって来て、テラスの戸を開けた。

夜明け方の冷気が入ってくる。

雲は朝焼けに朱色に染っている。

「少し動いているわね」

「そうか……」

家人はテラスにしゃがんで、二年越しで友人になった小動物を観察している。

暮れの二十七、八日くらいから、テラスに守宮《やもり》が一匹あらわれて、じっと動かずにいるのを彼女が見つけた。

守宮は一日に十センチくらい動く。

いつ動いたのかはわからない。気になって小一時間観察していたが、微動だにしない。左のうしろ脚の指先が失せている。人間に叩かれたのか、それとも生まれついてのものなのかわからないが、冷たいテラスのタイルの上に寒風に晒《さら》されてじっとしている傷ついた小動物はいかにも哀れである。

「一年前の私なら、とっくに掃き出してたわよ……」

家人が守宮に声をかけている。

――どうだ、家の中に入れてやらないか。

そう言いたいが、それも愚行に思える。いずれにせよ、このままテラスにいれば守宮は、鳥か野良猫の腹の中におさまる運命なのだろう。暮れの大掃除で追い出されたのだろうか。守宮は住みついた家を守ってくれると言われている。人間に何の害もおよぼさない。

むしろ虫を捕えてくれる役に立つ仲間である。

夜が明けたので、仕事場へ行った。

知らぬ間に花が活けてある。

卓袱台《ちゃぶだい》の上の竹の花入れからは白梅と、小窓から藪椿の赤がのぞいている。

壁には千両が朱色の実をつけて緑の葉をひろげている。

机の上には大徳利に衝羽根《つくばね》と椿の曙《あけぼの》が合わせてある。

衝羽根は日赤商店街の花屋の女主人が、葉を綺麗に整理してよこしてくれた。

「九月に摘んだものでして、こうして葉を落とさずいると衝羽根の葉の青さが残ってるんですよ。そのことが最近になってわかりましてね」

衝羽根は名前のごとく、羽根突きの羽根に実がそっくりな寄生木《やどりぎ》である。正月のお節料理を詰めた重箱の中に飾りとして入れたりする。

秋口に摘んで、いい塩梅《あんばい》に枯れたものを葉を落として活ける。正月からの一カ月余りの花材だ。

花屋の女主人は、この花の存在を亡くなった坂東三津五郎さんに教わったという。

或る年の瀬、ふらりと店にあらわれた三津五郎さんが、

「おたくには、つくばねはあるかい」

と聞かれたそうだ。

風情のある話である。

机に座っていると、うたた寝をした。

奇妙な初夢だった。

自分が死んだ夢だった。目が覚めてから、少し気分が悪かった。喉の奥から何かがこ

み上げてきた。

あわててトイレに駆けて行き、便器に顔をつけると案の定どろどろと蜜柑や蒲鉾《かまぼこ》のかけらが出てきた。

やれやれ元旦からこれだ。どんな事になるのやら……。

また机に戻って、涙を拭き欠伸をした。

——どうしてあんな夢を見たのだろう。

よしんば死んだとして、来世などというものが本当にあるのだろうか。次に生まれ変わるなら、私は何になるのか。守宮は少し辛いような気がする。こう人間がいい加減な世の中では、近くで生きる小動物にも花にもならない方が無難だろう。

半人前が残されて

仕事場の机の上にある衝羽根《つくばね》を片付けなくてはいけない。

去年の暮れに日赤商店街の花屋へ寄った折、女主人は衝羽根は次の正月までどこかへ仕舞っておいてもいいようなことを言っていた気がする。

かと言って花材を一年余り綺麗に仕舞っておく場所はない。

今朝は女郎花《おみなえし》と蛍ぶくろが窓辺にある。朝の風に揺れて女郎花は風車のように花弁の先をそよがせている。蛍ぶくろはどこかはかなげで、ひっそりと咲いている。

衝羽根の方は数えるほども見ないうちに、一月が終り、節分が過ぎてしまった。

節分は鎌倉へ出かけた。

少し仕事の調べものもあったのだが、そちらは放ってぶらぶらと見て回った。

長谷にある鎌倉文学館へ寄った。

鎌倉に住んでいた時は毎日通っていた寿司屋の目と鼻の先にあったのに、覗いてみようという気にならなかった。

細い路地を登って行くと、突き当りに大きな木で囲われるように立派な門があった。旧前田侯爵の屋敷跡というだけに敷地はかなり広く、館内に入って窓辺に寄ると大島が水平線にくっきりと浮かんでいるのが見えた。

川端康成、芥川龍之介、小林秀雄、大佛《おさらぎ》次郎、永井龍男……といった鎌倉にゆかりのある文学者の生原稿、色紙、短冊、愛用の品々が展示してあった。

いつも思うのだが、作家の生原稿を見ていると痛々しい気がする。生原稿を展示するのは決して当人の希望したことではないのだろうが、死んでしまっているのだから抵抗ができない。

原稿に書かれた文字は身体の生傷に似ているから、やはりひっそりと失せて行くのがいいように思う。

それに比べて色紙や短冊に書かれたものはそれなりの構えがあって、見ていても安心する。

遠山に日の当りたる枯野哉

高浜虚子の短冊があった。少し新しい短冊だったのが妙に思えた。

遅い昼食を長谷の小花寿司で摂《と》った。

半人前だと思っていた息子さんがそれなりの顔つきになっているのに驚いた。

小花寿司へ行く途中で知りあいの女性に逢った。去年の春ご主人を亡くされた方だが、元気そうだった。

自分が座っている席があの方のご主人がいつも座っていた席なのに気が付いた。優しそうなご主人の顔が浮かんだ。その顔にKの顔が重なった。

たしかKと二人して、ここへ来た夜、彼は私が座っている席の隣りに座っていた。

「何しに来たんだよ」

酔った私が言うと、Kは笑いながら、

「いや、どうしてらっしゃるかと思って、それにひさしぶりに美味《うま》い鮨《すし》をご馳走になろうかと思いまして」

とおやじに愛想を言っていた。

そんな夜には、Kはたいがい逗子《ずし》にある私の住んでいた古いホテルに泊まっていった。

翌朝食堂で、Kがコーヒー、私がビールで話をはじめると、

「いい加減にしないと、いくら体育会で鍛えてたからって、きっと身体をこわしますよ」

と説教をはじめた。

車を運転するKを表まで見送ると、

「東京へ出て仕事しましょうよ」

と訴えるような目をして帰って行った。

その頃の私は人とよく悶着を起こしていた。詞を書いては文句を言い、演出をしては怒鳴り、酒を飲んでは喧嘩している、どうしようもない男だった。

そんな私のそばにKはじっと座って夜明け方までもつき合ってくれた。

腹立ちまぎれにKを殴ったこともあった。金がない時はかたわらに置いてあったKのバッグから財布を持って消えたこともあった。

「まったくな……」

「どうしようもないな……」

再会すると、Kはそう言ってから白い歯を見せて笑った。

Kは根っからの音楽好きだった。

それも音楽制作をするのが生き甲斐のようで、いいレコードが仕上がると本当に嬉しそうな顔で、

「伊集院さん、これって最高でしょう」

と右手の親指を突き立てた。

先妻が癌で入院した時、Kはおどけた顔で訪ねてきて、病室につかの間の笑いをくれた。

酔いどれて病院のそばの酒場にいる私にKはいつも、

「大丈夫っすよ。俺と伊集院さんなら何でも大丈夫っすよ。今までずっとそうでしたもん」

と元気付けてくれた。

あの一年余りだけでも、私はKにどれだけ愚痴を言っただろうか。


あれは何年前だったろうか、深夜に逗子の部屋の電話が鳴った。

Kからだった。

「どうしたんだ？　こんな夜中に」

「今××警察署の前の公衆電話から電話してるんです。俺、くやしくて」

途中からKの声が涙声になった。

聞けばタクシーの運転手と喧嘩になって、Kが運転手を殴ったらしい。運転手はKをそのままタクシーに乗せて近くにあった警察署に行った。そこで運転手があることないことを警察に話して、Kはえらく叱られたと言う。

「あの運転手の野郎、俺にチンピラみたいな口をききやがって、そのくせ警察じゃ被害者ぶって……」

「わかった。すぐにそっちに行くから待ってろ」

「いや、いいんです。腹の虫がおさまらなかったから電話しただけなので……」

「何言ってんだ。今からその運転手を探し出して、ぶん殴ってやろう」

「いいんですよ、本当に」

十年近いつき合いで、あとにも先にもKが愚痴を言ったのはその夜だけだった。

Kが癌を患って手術をし再入院するまでをどう過ごしたか、私は知らない。

しかし私にはあの夜のKの声と一度も見なかった涙顔が浮かぶ。

今さら考えてもしかたがないことだが、どうしてKは私に連絡をくれなかったのだろうか。

十数年前、一人前の男になりたくて怒鳴ったりもがいたりしていた私とK。二人でちょうど一人前だった私たち。

半人前の私だけが残ってしまった。

葡萄の実

ひさしぶりに麻雀をした。

ひさしぶりと言っても、月曜日から金曜日までいらいらして週末を待っていた競馬好きが、金曜日の夜に、

「いやあ明日は、ひさしぶりに競馬があるなあ」

と競馬新聞片手に屋台の隅で嬉しそうにひとり言を言っているのと似ている。

徹夜続きの小説の締切りが終った直後だったので、どこか開放的になっていたのだろう。麻雀プロのユウちゃんと前原雄大君たちと卓を囲んだ。

昔と違って今は電動式の自動卓でやるので、スイッチを押すと牌《パイ》がテーブルの中からニョキッとあらわれる。

それがいかにも、お待ち申し上げておりました、という感じでイイ。

初めてこの自動卓を見た時、私はテーブルの中に背丈二、三センチの作業員が隠れていて、牌が中に落ちてくると一斉にその牌を裏返したり積み上げたりしてるんじゃない

かと思った。そうして彼等が時々隙間から、アッイカン、コッチノ牌ガキヤガッタとか、ヒヒヒッ、ドラ牌ガマタキタゾとか、私たちが一喜一憂しているのを見つめながらうなずいている姿を想像した。そのせいか、今でも自分に不運な牌ばかりが巡ってくると、

――オイ、コラッ、ちゃんと仕事をせんか。こっちは働きづめでやっと遊びに来てるんだぞ。

と胸の中で彼等に怒鳴ることがある。

その日は夜の十時から打ちはじめた。朝方になって少し身体が疲れてきた。

――やはり体力が落ちてるのかな。

とその日、初めてのトイレに立った。

私はいったん麻雀をやりはじめると、よほどのことがない限り席を立たない。ひどい時は二十時間くらい座りっ放しで、トイレはおろか食事を摂《と》らない時もある。

それが近頃は二、三時間で席を立ち、少し休憩をするようになった。

その夜もそうしようかと思ったが、どこまでやれるか試してみたい気がした。面白いもので半日過ぎた頃から調子が出てきた。頭もしゃんとしはじめた。

「いやあユウちゃん、ひさびさの長丁場になりそうだね」

「と言うと、四十八時間コース？」

「いいね。いい読みだね。おたくさすがに筋がいいね。江戸っ子だってね」

「いいえ、私は秋田です」

「よくそんなに長い間やってられますね。麻雀って、そんなに面白いですか」

と友人に聞かれることがある。

「うん、面白いんだろうね。あれで何か用事もなくて体力が続けばずっと牌を握ってるだろうな」

「で、勝ってるんですか」

「長い時間やってると勝ち負けは平均化してくるんだよ」

そう言うと友人は首をかしげる。

彼等はどうも勝ち負けを決することがギャンブルの最大の魅力と思うらしい。ならもっと確率のいいギャンブルはあるはずである。例えば相場とか株の仕手戦などはそうであろう。

私は金を得るだけのためのギャンブルなら、そこに何か、賭ける側が勝てると思える確信に近い材料を握っていることが大切だと思っている。

狡智に長《た》けた者が愚者たちの金を巧妙に吸い上げて行く。狡智と書けば、それがそのまま狡《ずる》いという印象を与えるが、狡さがなければ人間を死まで追いやる金という厄介なものを取りこめるはずがない。だから金のやりとりだけのギャンブルに長く身を置く者は自然と容姿が変わって行く。彼等は映画やテレビで見る、ギャンブラーの定番とはまるで違う、もっと冷たくて人間性を失った表情になっているはずだ。

ギャンブルに必勝法はない。

ギャンブルにはギャンブルがあるだけで他に何もない。人生の教訓もなければ、ましてロマンなどはかけらもない。

なのになぜ大昔から人間はギャンブルをかくもするのか？

ギャンブルに身を置いていると、その賭けの大小に関わらず、とにかく面白いからである。

何が面白いのか？

自分のことがすこぶるよく見えるからである。意志の弱さ、粘りのなさ、ワクワクしている自分、喜んでいる自分……、ほとんど恋愛と同じである。

本当はそこには何のかたちもないのに興奮しているのである。

私はギャンブルをする。

愚かな、と言われれば、そうかもしれないと思う。この地球上に数人くらい愚かではない人がいるという噂は聞く。慈愛に満ちて、己を捨てて人のために生きている人間がいる。それはそれで素晴らしいと思う。しかし大半の人間は自分が愚かであることを知っている。

愚かであることを知れば、いずれ誰も皆死ぬことが鮮明にわかってくる。人間が何をするために生まれてきたのかの、その何かが、立派なことをするためだけではないことがわかってくる。立派が怪しいことも慈善がいかがわしいことも、おぼろにわかってくる。

要は生を楽しむことである。日々を楽しめ、と言うと坊さんみたいで、第一毎日楽しめるほど好都合に大人はできていない。だからせめて楽しめるくらいのことは自分から見つけに行く方がいい。

「とにかく面白かったよね」

少女たちがどこかへ出かけて帰り道に顔を見合わせている、あれである。

私がギャンブルを時折夢中にやっているのは、あれと同じだと思っている。

愚かであるから、顔を見合わせる。ギャンブル場へ集まっている人は皆同じ顔をしている。それがたまらなくいい。

それとは逆に自分が愚かであることをまったくわかっていない人間もいる。始末が悪いことに、そういう輩《やから》がなぜか出世をしたり文化人になったりする。ひどいのになるとテレビで説教してたりする。

ギャンブルはひとり遊びである。

四人で遊ぶ麻雀であろうが、何万人の中で叫んでいる競馬であろうが、賭ける行為はすべてひとりで遊ぶことだ。そこが人間の死生観とわずかに似ている。

待っていても、その人の手に葡萄《ぶどう》の実は落ちてこない。やはり葡萄の実を手に入れるには葡萄の木の下へ行き、手を差し出さねばならない。

翌日の夕暮れ、ユウちゃんと雄大君と新宿の街を歩いた。

「疲れたね。何してたんだろうね」

「でも二、三日経つとまたやりたくなるんだね、これが……」

そう言って、三方向へ立ち去った。

別れても好きな人

夜明け方、京都の駅前にあるホテルで横になっている。

急に人と逢わねばならない用ができて、夕刻新幹線に飛び乗った。

列車は空いていて、シートに身体を埋めると眠たくなった。ぼんやり窓の外を見た。

ここ十日ばかり睡眠不足の日が続いていた。今、ぼんやりせずに少し原稿でも書けばいいのだが、新幹線に乗って車窓を流れる風景を見ていると、ついあれこれ妄想をしてしまう。

「旅をして列車や飛行機に乗って移動をしていると、いろんなことが考えられるんだ」

と言う人が私の友人には多い。

机の前に座って腕組みしているよりは、車中や機上ではたしかに自由に物事を考えることができる。

散歩などもその典型だろう。

風景が移り行くことは頭脳に適度な刺激を与えるのかもしれない。

船旅なんかをすると、ひょっとして大作が生まれるかもしれない。ナ訳ナイカ。

新幹線の中で考えごとをしはじめると、あっという間に東京―大阪まで行ってしまう。

先日、京都で騎手の武豊君と藤田伸二君と食事をしていたら、

「京都へ戻る時に、あの名古屋から京都までがなぜあんなに遠く感じるんですかね」

「本当だよ。すごく永く思うよな」

と言っていた。府中か中山へ騎乗しに行って早く京都へ着いて欲しいのだろうが、私にはそれがまったく理解できなかった。

歳を取ったのだろうか。

そう言えば、学生時代授業が終る残りの十分間がひどく永く思えた。あれと同じなのだろう。

私はどこへむかっていても着いた場所に何か楽しみがあると思わないので、移動をしている時間の方がむしろ安心しているのかもしれない。

いつからそうなったのかはわからないが、さして物事に期待をしなくなっている。淋しい気もするが、落胆しなくて済む。やはり歳を取ったのかナ。

しかしそれは逆に厄介なことや面倒なことに直面した時も、さして難しく考えることもないと思える利点もある。

京都へは少しもつれた話の聞き役で出向いた。

私が行って、何かがまとまるわけでもなかったが、他人が中に入った方が話がやわらぐこともある。

親しい友人が厄介な顔をしているのはせつないものである。しかもその相手が特別仲のいい人なら余計だ。

春先は人間の感情も少し熱を持つ。

そう言えば、ここのところ私たち作家がつき合っている出版社も人事異動が多い。作家と編集者は違うところからお金をいただいているのだが、他の職種の仕事と比べて、普段からつき合いが濃密になる。夜半二人して仕事をすることもあれば取材旅行で何泊かの旅へ一緒に行くこともある。

お互いの家族の話をすることもあるし、淡い初恋の話や筆おろしの失敗談をつい洩らしてしまうことさえある。

仕事を離れて二人して酒場なんかへひやかしに行くと、戦友という気さえしてベロベロになる。

小説誌の担当者などとは特にその傾向が著しい。ベタつくようなつき合いをしないことが基本なのだが、歳月は知らぬ内に関係を濃いものにする。

私は作家生活に入ってまだ短いが、それでも十人近い編集者と春先別れた。

別に肉体関係があったわけではないから、痴情のもつれなどはない。それでも、

「今度、我が社で人事がございまして……」

といつもと違う低い声で挨拶がはじまると、やはりどこかせつなくなる。聞く方はいいが、話さねばならぬ方はあれこれ考えて言葉を選んでいるのが伝わる。

「まあ一杯やりながら、顔を見てさ」

それで逢っても何かが変わるわけではない。けどそれが一番いい。

私は新人の頃から、良い編集者に恵まれた。ほとんどが年長者だが、我儘《わがまま》な私の愚痴やら暴言を笑って聞いて、

「いいから、とにかく書きなさい」

と諭されては小説のかたちにむかって行ったような気がする。

今春は五人の編集者がいっぺんに異動した。

――困ったナ。

と思ったが、そんな時期だったのだろうと考えるようにした。

〝エディターズ・ハイ〟という言葉がアメリカにはあって、〝編集者の躁状態〟とでも訳すのか、或る作家にひとりの編集者が出逢って、数年なり十年なり二人が出逢ったこ

とで作家自身もその時期大変に力をつけて成長し、相手の編集者も能力が増し、ハイな状態の数年を送ることを言うらしい。

男と女の蜜月に近いかもしれない。

表現をするということはその隣りにいつも不安や焦躁といったものが並存する。

自信作などというものは、私はこの世の中に存在しないと思っている。

大丈夫だろうか。ちゃんとでき上がってるんだろうか。そんなことの連続が作品の質を高めて行く。

そんな時に隣りで、大丈夫ですよ。ちゃんとしてます、と誰かが言ってくれることは有り難いことだ。ましてやそれが新人の時代は。

私は運良くそんな編集者に出逢った。私はそのことを忘れないようにしている。ちいさなつぶやきのような一言が、勇気を与えることは世間に多々ある。意志が弱いと言われればそれまでだが、不撓《ふとう》不屈の魂なんて人は私は好きではない。

時折は道端に倒れて、電柱の陰で、畜生、大馬鹿野郎、なんて泣いてる人の方が信用できる。

人間が死んでからも残せるものなど、ほとんどない。あの世があるのかどうかは知らないが、持って行けるものは何ひとつない。何百億稼いでも、騒動が残るだけだ。

自分の目で見たものと口の中に入れたもの、そのくらいが財産だ。

あとは人と出逢えたこととその人と過ごせた時間である。いい人間に出逢えた人は、至福を得たのではなかろうか。

とにかく書いて下さい

梅雨が明けた途端、いきなりのこの暑さである。

夕暮れ、目を覚まして、氷を買いに出かけた。深夜、仕事をするのに暑くてかなわないので、洗面器に氷を入れて置き、そこへ手を入れたり顔をつけたりして仕事をする。

家から、坂下にある麻布十番の商店街まで出かけた。行きは下り坂で路地を吹き抜ける風も心地良かった。三軒の店を回ったが、どの店も氷は売切れていた。

——やはりこう暑くては、どこの家も氷に顔をつけたりしているのだろうか。

あちこち歩いているうちに疲れた。

かき氷の旗が風に揺れている。

——ちょっと寄って、イチゴミルクでも食べようか……。

しかし店の冷房とかき氷で涼んだ後、表へ出ると汗が噴き出すような気がする。もう一軒先には、生ビールあります、とある。

——一杯引っかけてから帰ろうか。

いや一杯じゃすまなくなる。新聞、週刊誌の原稿を書いて、すぐにまた寝なくてはならない。夜半にS君が遅れ遅れになっている小説の原稿を取りに来る。

だいたいが締切りに対して遅い方の作家なのだが、今回は特に遅くなってしまった。それを察してか、月の早いうちにS君は北海道の旅先へ一枚でも二枚でも原稿をもらいに行きたい旨を葉書きで報《しら》せてきた（やはり勘が良かったのだろう）。

定まった締切りはとうに過ぎて、私はS君と二人で深夜の仕事をはじめる破目になった。

S君は紙袋の中に水と野菜ジュースと缶ジュースをかかえてやって来た。

こちらは寝起きで、頭の髪が高圧線を握りしめた直後のように逆立ったまま彼を迎えた。

「さあ、頑張ろうね」

「お願いします」

「本当にもう時間がないんだものね。ほら昔テレビドラマであったじゃないか。『時間ですよ』って大声出す奴。伊集院君！　時間ですよ〜〜」

私が冗談を言っても、S君は黙って私の顔を見ているだけだった。

――そうか、そこまで切迫してるのか。

「S君、君よく水を飲むね。僕も朝起きると、一升くらい水を飲むんだよ。昔、父親がよくそうしてたんだ。なんでも寝起きの水は胃の中を綺麗にするらしいよ」

「それって、単なる二日酔いで胃が乾いてるからじゃないですか」

「そうだね。そう言えば、二日酔いで思い出したけど、この間さ……」

「すいません。二日酔いの件はあとにして、原稿を」

「うん、そりゃそうだ。S君、心配はいらないよ。調子も出てきたし、この分だと驚異的な速さで書き上がる気がするな。夜が明けるまでには全部上がるんじゃないかな」

「本当ですか」

「ああ、うそなもんか。二年前だったかな、五十枚の原稿をさ、一晩で上げたら担当者が喜んでさ。あの担当者どうしてるのかな。その人っておかしい人でさ」

「すみません。先に原稿を……」

「……」

しばらく黙って仕事を続けた。

眠くなってきた。S君は連夜の疲れかソファーでうとうとしてる。私は彼を起こさないように忍び足で台所にコーヒーを入れに行こうとした。

彼の目の前を通り過ぎようとしたら、S君が目を覚ました。

——どこへ行こうとしてるんだ。

そんな目をしてる。

「に、逃げようとしたんじゃないよ。ちょっと眠くなったから、コーヒーを入れようと思ってさ。君も飲む？」

「私がやりますから、続けて下さい」

（なんか疑われてるみたいだな……）

S君がコーヒーを入れてくれた。机の上の原稿の枚数を見ている。

「どうですか。進み具合いは？」

「ち、ちょっと今、前半の山みたいなとこだから、行きつ戻りつ、っていうの」

「そうですか。頑張って下さい」

S君はソファーに座って、腕時計を睨むと、大きなタメ息をついた。

私はあわててペンを握り直した。


約束した朝までには原稿は仕上がらず、夕刻まで踏ん張っても上手く行かない。その夜、知人と食事をする約束になっていた。

「じゃ、くれぐれも食事だけで戻ってきて下さいね。飲んじゃ駄目ですよ」

「わかってます。私は君の原稿が最優先ですから、はい」

S君は私の目を胸の底を覗くような目で見て、編集部に引き上げた。

夜中の三時にS君はあらわれた。

「今夜上がらなかったら、本当に大変だよね。わかってますよ、私は」

「………」

S君は疲れてるせいか、無口になっていた。

「ビスケットか何か食べる？」

「いいえ、結構です」

「しかし暑いね、毎晩」

「あの縄文時代の遺跡の話、後半に出てきますか？」

「あれね、佐賀の一帯は弥生時代のものが多いんだよね。あっ、そうか、先にこの小説の謳い文句を書いたんだよね。縄文遺跡に立った主人公はって、書き直そうか」

「結構です。そのまま続けて下さい」

S君はまた大きなタメ息をついた。

夜が明ける頃に七分目仕上がった。

「いよいよ頂きが見えてきたね。嬉しいもんだね。港が見えてきた航海みたいで。君は今月の締切りが終ったら、どこかへ行くの？　何かしたいことでもあるの？」

「別にありませんね」

「そりゃ、いけないよ。ひと仕事が終ったら何をしようと、決めとかなきゃ」

「そういうもんですか」

「アフリカへ行けば。ちょっとアフリカの写真見てみる？　ゴルフはやんないの」

S君は私の質問に答えていたが、はっと気が付いた時は二時間も無駄話をしていた。

S君は私を呆れ顔で見ていた。

ともかく、次の夜も一緒につき合ってもらい、明け方仕事が終った。

蟬が鳴いていた。

S君は背伸びをし、

「いつの間にか、梅雨が明けてしまったんですね」

と嬉しそうに言った。

極楽とんぼは雀荘に電話を入れた。

本作品集は、以下を底本とした文庫オリジナル版です。
『あの子のカーネーション』（一九九二年四月刊）
『神様は風来坊』（一九九三年七月刊）
『時計をはずして』（一九九四年十月刊）
『アフリカの燕』（一九九七年十一月刊）
『半人前が残されて』（一九九八年六月刊）
すべて文春文庫。

初出　週刊文春「二日酔い主義」
（一九八八年四月七日号〜一九九四年七月二十八日号）

JASRAC　出1410603-401

文春文庫

二日《ふつか》酔《よ》い主義《しゆぎ》傑作選《けつさくせん》

銀座《ぎんざ》の花売《はなう》り娘《むすめ》

定価はカバーに
表示してあります

2014年9月10日　第1刷

著　者　伊集院《いじゆういん》　静《しずか》

発行者　羽鳥好之

発行所　株式会社　文藝春秋

東京都千代田区紀尾井町3-23　〒102-8008
TEL　03・3265・1211
文藝春秋ホームページ　http://www.bunshun.co.jp

落丁、乱丁本は、お手数ですが小社製作部宛お送り下さい。送料小社負担でお取替致します。

印刷製本・凸版印刷

Printed in Japan
ISBN978-4-16-790189-9

文春文庫　伊集院静の本

（　）内は解説者。品切の節はご容赦下さい。

受け月
伊集院 静

願いごとがこぼれずに叶う月か……。高校野球で鬼監督と呼ばれた男が、引退の日、空を見上げていた。表題作他、選考委員に絶賛された「切子皿」など全七篇。直木賞受賞作。（長部日出雄）

い-26-4

冬のはなびら
伊集院 静

親友真人《まこと》の遺志を継ぎ、小島に教会を建てた元銀行員月丘と彼を支える真人の両親との温かい心の交流を描く表題作など、市井の人々の確かな〝生〟を描く六つの短篇小説集。（清水良典）

い-26-10

乳房
伊集院 静

愛する妻は癌に冒されていた……。何気ない会話の中に潜む情愛。そっと甦る、優しく切ない過去の記憶。吉川英治文学新人賞を受賞、映画化もされた珠玉の短篇集。（小池真理子）

い-26-12

機関車先生
伊集院 静

新しい先生は、口をきかんのじゃ……瀬戸内の小島の小学校に、北海道からやってきた「機関車先生」。生徒は七人、けれどもそれはかけがえのない出会いだった。柴田錬三郎賞受賞作。

い-26-13

羊の目
伊集院 静

男の名はサイレントマン。神に祈りを捧げる殺人者——。戦後の闇社会を震撼させたヤクザの、哀しくも一途な生涯を描き、なお清々しい余韻を残す長篇大河小説。（西木正明）

い-26-15

少年譜
伊集院 静

多感な少年期に、誰と出会い、何を学ぶか——。大人になるために必ず通らなければならぬ道程に、優しい光をあてた少年小説集。危機の時代を生きぬくための処方箋です。（石田衣良）

い-26-16

あなたに似たゴルファーたち
伊集院 静

ゴルファーならば、誰にでも心当たりのあるワンシーン。深遠かつ甘美な世界を端正な筆致でとらえた、この著者ならではの小説集。プレーの前夜に読むことをお薦めします。（島地勝彦）

い-26-17